怜悧なドクターに剥き出しの熱情で絡めとられて愛し子を宿しました

m a r m a l a d e b u n k o

中山紡希

JN053885

マーマレード文庫

目次

怜悧なドクターに剥き出しの熱情で絡めとられて愛し子を宿しました

怜悧なドクターに剥き出しの熱情で絡めとられて愛し子を宿しました

第一章　奇跡の出会い

四月に入っても朝は寒い。誰もいない更衣室で白いブラウスに袖を通す。その上にベストを羽織り、紺色のスカートを身につけて、ロッカーの小さな鏡で服装を確認する。

「よしっ、今日も頑張ろう」

気合を入れると、お弁当の入っているバッグを片手に病院の本館へと移動した。

誰よりも早く来て玄関付近の掃き掃除をするのが、私の日課だった。特に誰がやると決まった仕事ではないけれど、綺麗《きれい》なほうが来院した患者だって気持ちがいいはずだ。玄関は病院の顔。そこが汚ければ、スタッフたちのモチベーションの低下にも繋《つな》がる。だったらと自分がやることに決めた。

正面玄関はまだ外来診療時間前で施錠されている。裏口から出てホウキとチリトリを手に掃除をはじめようとしたとき、駐車場に停まっている車のそばで腰を屈めて何かを探している様子の女性に気がついた。

どうしたんだろう……。

私はすぐさま駆けだし、女性に声をかけた。

「何かお困りですか？」

すると、六十代ほどに見える小綺麗な女性は、驚いたように私に視線を向けた。

「実は車を降りたときにブレスレットを落としてしまったの。探しているのだけど、見つからなくて」

「そうでしたか……。私、一緒に探します」

「えっ？　大丈夫よ。その制服……受付の方でしょ？」

「はい。でも、まだ時間はありますので」

「でも、そんなの悪いわ」

申し訳なさそうな女性に微笑むと、私は車の周りを見て回った。

「ここで落としたのは間違いないのよ」

車の周りを探したもののブレスレットは見つからない。だとしたら……。

「もしかしたら、タイヤのそばに落ちているのかもしれませんね」

腕時計を確認する。別館の更衣室へ向かい着替える余裕はまだある。ストッキングの替えもある。それならば。

「ちょっ、あなた……」

私はアスファルトに膝と両手をついて運転席の下のタイヤ付近を覗《のぞ》き込んだ。

「この辺りが怪しいかな……」

身体を移動させながらタイヤ周りを確認していると、キラリと光る何かに気がついた。

「ありました！」

必死に手を伸ばすものの、あと少しのところで届かない。

「本当⁉ 今、車を動かすわね！」

「タイヤの近くなので踏んでしまうかもしれません。私が取ります」

「そんな！ 無理しないで」

顔を歪《ゆが》めて手を伸ばす。砂利に擦れて膝の部分のストッキングが破れたのもお構いなしに、最後の力を振り絞って手を伸ばすと指先に何かが触れた。

これだ……！

「取れました」

立ち上がり、ホワイトパールのあしらわれた華奢《きゃしゃ》で洗練されたデザインのブレスレットを手渡す。

「ありがとう！ これ、主人からもらった大切なものなの。本当になんてお礼を言ったらいいか」

女性は目を潤ませてホッとしたような笑みを浮かべる。そして、何度もお礼の言葉を述べると、心底大事そうにブレスレットを胸元で握り締めた。

「いえ。見つかって本当に良かったです。それでは私はこれで」

にこりと微笑みかけて、頭を下げて去ろうとすると、パシッと手を掴《つか》まれた。

「あなた、ご結婚は？」

「え？　してませんけど……」

唐突な質問に苦笑いを浮かべる。

「じゃあ、お付き合いしている方は？」

「いません」

「そうなの？　あなたみたいに親切な人にお相手がいないなんて!!」

丸く大きな目をさらに見開いて驚く女性。

「お相手がいないなら、うちの息子はどう？　あなたみたいな女性が息子と結婚してくれたら嬉《うれ》しいのだけど」

リップサービスとはいえ悪い気はしない。いや、むしろとっても嬉しい。たとえそれがお世辞であったとしても。

「そう言ってもらえて嬉しいです。あっ、そろそろ行かないと」

「待って。何かお礼をさせて」

「いえ、お気遣いなく」

「だったらせめてお名前だけでも」

「一ノ瀬美愛《いちのせみあ》と申します」

「一ノ瀬さん、ね。ご親切にどうもありがとう」

笑顔でお礼を言う女性に再び頭を下げて駆けだす。

掃き掃除をする時間はなくなったけれど、人助けをできたから今日のところは良しとしよう。


「おはようございます。診察券はお持ちでしょうか？」

受付時刻になりやってきた、スッと背筋の伸びたグレイヘアの高齢の男性患者。眉間に皺《しわ》を寄せてやや気難しそうな男性に、小さく頭を下げながら挨拶をする。

ここは高度医療を提供し、医療技術の開発から評価までを行うことのできる総合病院だ。

厚生労働大臣の承認を受けているこの大病院で、私は医療事務員として働いている。

主な仕事内容は受付業務と会計業務、それからレセプト業務だ。受付担当か会計担当かは日ごとにシフトで決められている。レセプトとは診療報酬明細書のことで、医療機関の収益の大部分を占めている。この業務は月初めに事務員総出で行う。レセプトに不備があれば、審査支払機関から返戻《へんれい》され再提出しなくてはならない。とにかく気が抜けない業務だ。

今日の私の担当は受付業務だった。

「今日が初めてだ」

「承知いたしました。保険証をお預かりしてもよろしいでしょうか？」

「ああ、これだな」

「お預かりします。それではカルテを作成いたしますので、問診票のご記入をお願いしてもよろしいでしょうか？」

保険証に記載されている一部負担割合を確認する。

「コピーお願いします。それと、三割負担です」

会計業務に当たる高山《たかやま》さんに保険証を手渡す。

高山幸奈《ゆきな》は、私と同じタイミングで採用されて働きはじめた医事課で唯一の同期だ。

「三割ね。いちいち言わなくてもわかってるから」

めんどくさそうに言うと、高山さんは保険証を掴み背中を向けた。

朝は特に忙しい。さらに週明けの月曜日と連休明けはてんてこ舞いでスピーディーな対応が要求される。

月曜日である今日も、例に漏れず患者の長い列ができている。受付は混雑して待ち時間が長くなり、イライラした様子が目立ちはじめた。

こういうときは注意が必要だ。ミスのないように丁寧かつスピード感をもち対応しなくてはならない。

「おはようございます。診察券はお持ちでしょうか？」

やってきたのは親子連れだった。診察券を受け取り確認する。

「今月こちらにかかられるのは初めてですね。保険証とお子様の医療証をお願いいたします」

「保険証？　えぇ、あったかなぁ」

二歳くらいの男児を連れた母親は受付にバッグを置き、ガサゴソと保険証を探しはじめた。チラリと見えたバッグの中には、メイク道具やボールペン、皺くちゃのレシートなどがごちゃ混ぜに入れられている。

退屈だったのだろう。母親の後ろで、子供が声を上げて走りはじめた。

受付付近には杖《つえ》をついて歩く高齢者や車椅子に乗る人がいる。ぶつかればケガに直結する可能性が高い。

「危ないから走らないでね。お母さんの隣にいてくれるかな？」

声をかけると私の言葉が理解できたのか、男児は素直に母親の足元に歩み寄った。

男児の口元には今朝食べたのか、チョコレートらしきものがべったりとくっついている。

ホッとしたのも束の間、母親がこう言った。

「今日、保険証忘れちゃった。次のときに持ってくるから」

「大変申し訳ありませんが、本日は一旦実費診療となるため、全額自己負担いただけますでしょうか。後日保険証を確認でき次第、差額分を返金いたします」

「えぇ⁉　実費⁉　無理よそんなの。いつもかかってるんだから、いいじゃない！」

「申し訳ありません。規則となっておりまして……」

「ふざけんじゃないわよ！」

バンッと受付を叩《たた》いた母親は、顔を真っ赤にしてこちらを睨《にら》みつける。

「こんなに待たせておいて保険証がないから実費⁉　なんでそんなに融通が利かない

のよ」

「大変申し訳ありません」

唾を飛ばしながら怒鳴りつける母親に、男児が驚いてビクッと身体を震わせた。

みるみるうちに不安げな表情になり、顔を歪めて泣きだした男児が母親の足元にしがみつく。

「アンタ、さっきうちの子のことも叱ったわよね⁉　こんなに長時間待たされたら子供は飽きるに決まってんでしょ！」

「申し訳ありません」

「アンタ、結婚してんの⁉」

「していません……」

顔が引きつる。

母親の怒声に、待合室にいた患者の視線がこちらに向けられる。こんなの針の筵《むしろ》だ。

こういう場面は今までに何度も経験してきたものの、慣れることはない。背中に嫌な汗をかく。

私にできるのは誠心誠意、対応することだ。

「してないの⁉　結婚も子育てもしたことないような人間が、偉そうにしてんじゃないわよ！　やってらんないわ！　二度とこんな病院来るか！」

「申し訳ありませんでした」

母親は男児の手を掴むと、引きずるようにして歩きだす。

深々と頭を下げて親子連れを見送ると、あまりの理不尽さにどっと疲れが込み上げてきた。

「ああいう患者たまにいるのよね。一ノ瀬さんは悪くないし、気にしなくていいわよ」

先輩事務員に励まされて気持ちを切り替えると、私は次の患者の対応に当たった。

昼休憩のときも午前中の出来事を思い出し、どんよりと重たい気持ちになってしまった。

手鏡でメイクのヨレを確認する。

鏡には、背中まである髪をひとつに束ねる地味な女が映っていた。昔から色白で色素が薄く、髪も瞳も茶色い。ふた重のパッチリとした目以外は特にこれといって特徴のない顔だ。

もう二十六歳。アラサーに片足を突っ込んでいるというのに、結婚はおろか彼氏すらいない。学生時代の友人の結婚や出産のおめでたい報告を受けるたびに、不甲斐ない気持ちになる。

せめてお相手でもいれば。と、いくら願ったところでそんなものはできっこない。

二十六年間、男性との縁は皆無だったのだから、一朝一夕でなんとかなるものではないと自覚はしている。

『結婚も子育てもしたことないような人間が、偉そうにしてんじゃないわよ！』

「ハァ……。痛いところを突かれちゃったな……」

女性の怒声が脳裏に蘇《よみがえ》り、私はそれを振りきるように休憩所をあとにした。

午後も患者の長い列は、途切れることがなかった。

それでも大きなトラブルもなく、終業時間を迎えることができた。

明日の予約患者の確認を終え、ホッとひと息ついたとき。

「ねぇ、急なんだけど今日の合コン参加しない？」

少し離れた場所からそんな声がして、思わず振り返る。

「以前も言いましたが、彼氏がいるので合コンには参加しません」

ナースステーションに常駐し、医師や看護師の仕事を事務面でサポートする病棟クラーク。そこから去年医事課に異動になったふたつ年下の須藤《すどう》かおりは、一ミリの躊躇《ちゅうちょ》もなく断った。

年下とは思えないほどしっかりしている彼女は、美人で仕事もできて誰に対しても優しいパーフェクト人間だ。

「お相手、外資系のハイスペよ。忙しくて無理って何度も断られてたんだけど、今日の夜なら時間が取れそうって、さっき連絡があったの。今回の合コン場所って駅の西口だし、うまくいけば近くにある高級バーに連れていってもらえるかもしれないわよ?」

「高級バーですか?」

「そう。クオーレ・ルフュージュっていうバー。高級でめちゃくちゃ雰囲気がいいらしいの。あたし、まだ行ったことがないからハイスペ男子に連れていってもらいたいなぁって」

「へぇ」

「何よその気のない返事。後悔しても知らないんだから」

嫌味ったらしい言い方をする高山さんに対して、須藤さんは顔色ひとつ変えない。

「それなら一ノ瀬さんを誘ってみたら、いいんじゃないですか?」

「一ノ瀬さん?」

自分の話題が出たことに気づいて慌ててパソコンに向き合って、聞こえていないふうを装う。

「あの子はダメでしょ。オシャレとかに無縁だし、真面目すぎて連れてけないわよ」

「一ノ瀬さん、しっかりしてていいと思いますけど」

「そうかしら。合コンに連れていって同類だと思われたくないし」

あまりに酷い言われように再び視線を高山さんに向けると、彼女はデスクに寄りかかって、偉そうに腕を組んでいた。華奢な手首には、男性からプレゼントされたと自慢していたブランドものの高価そうな腕時計がつけられている。

「一ノ瀬さんみたいなつつましやかな女性って、男性から人気だと思いますけどね。まっ、合コンで独り勝ちされたら面白くない気持ちもわかりますけど」

「なっ、それってどういう意味⁉　アンタ、何が言いたいのよ！　二度とアンタのことなんて誘ってやらないからね！」

高山さんは怒りに顔を赤く染めて吐き捨てるように言うと、足を踏み鳴らして医事課を出ていった。

「一ノ瀬さん、お先に失礼します」

「お疲れさまでした」

通りざまに須藤さんに挨拶をされて慌てて頭を下げる。

さっきの言葉は須藤さんの優しさに違いない。

須藤さん、ありがとうございます。でも私、残念ながら男性からはまったくの不人気なんです。

ふと自分の人生を顧《かえり》みる。子供の頃に母が病気で亡くなり、私は父とふたりで生きてきた。仕事と家事と子育て。父は男手ひとつで不器用ながらも必死になって私を育ててくれた。寂しいと感じたことがないぐらい、父は私にたくさんの愛情を注いでくれた。

自分のことなど二の次で、いつだって私のことを一番に考えてくれた。

父がそうしてくれたように、私も父の気持ちに応えようとした。学生時代は勉学に励み、就職してからは仕事に打ち込んだ。

真面目にコツコツ生きる背中を見て育った私は父を尊敬していたし、父のようになりたいと思っていた。

学生時代は漠然と、二十歳を過ぎて就職をすれば男性とお付き合いができると信じて疑わなかった。それから数年の交際期間を経て結婚し、子供を産んで育てる。周りの人間が当たり前にそうしているように、自分もそうなると思っていた。

でも、現実はそう甘くはなかった。

去年、父に心臓の病気が発覚した。今は私のお給料をやりくりして治療費に当てている。けれど、金銭的なサポートはできても家で父はひとりきり。もしもの事態が起こっても、二県隣かつ電車で二時間の場所に暮らす私は、すぐに駆けつけることができない。

父のために何ができるんだろう。頭に浮かんだのは、仕事を辞めて実家のある田舎町に帰ることだった。

恋人がいるわけではないし、この土地に未練があるわけでもない。

けれど、今の仕事は好きだ。勤務先であるこの病院にも思い入れがある。

考えがまとまらず、いまだにどうするか決めかねていた。

「よしっ。私も帰ろう」

パソコンを閉じて立ち上がると、医事課の奥の部屋から主任が真っ青な顔で飛びだしてきた。

「一ノ瀬さん！」

「何かありましたか？」

「今日の外来の患者さん、診療代の請求割合が間違っていたんだよ。高齢者の方で自己負担三割なのに、一割で会計しちゃってるんだ」

まさか。今朝、私が受付したあの男性患者じゃ……。

確認をすると、私の予想は当たっていた。

「マズいですね」

「あぁ。高山さんってもう帰っちゃった？　会計担当、高山さんだったんだ」

心の中でため息を吐く。こうなる場合を予想して、あらかじめ声をかけておいたというのに。

「少し前に帰りました」

「悪いんだけど、至急高山さんに連絡取ってもらっていい？」

「わかりました」

スマホで高山さんに電話を入れたものの、呼びだし音が鳴るだけで何度かけても繋がらない。仕方なくメッセージアプリで連絡を入れて今の状況を伝える。

「どう？　高山さん出た？」

「出ません。一応メッセージは入れたんですが、既読もつかなくて」

「参ったなぁ」

困ったようにため息を吐きながら、主任が腕時計を確認する。

「主任、これから会議ですよね？」

「そうなんだよ。こういうのは、すぐに動いたほうがいいからね。僕が対応に当たりたいんだけど、今回の会議は長引きそうなんだ」

「わかりました。私が先方に連絡します」

「いや、でもそれじゃ……」

「大丈夫です。お任せください」

「ごめん。じゃあ、頼む。もしどうしてものときは僕に連絡をして？」

「わかりました」

主任がバタバタと焦った様子で医事課を飛びだしていくと、私は電話の受話器を持ち上げて耳に当てる。

主任に渡されたカルテに記載されている携帯の電話番号を押す。田中幸三《たなかこうぞう》。八十三歳。現役並み所得者。

『もしもし』

電話口から届いた低い声で、受話器を持つ手に力がこもる。

「もしもし。こちら田中幸三様の携帯でよろしいでしょうか？　私、広崎《ひろさき》医療総合病院で受付業務に当たっております一ノ瀬と申します」

『病院の受付が、なんの用だ』

不機嫌そうな声にたじろぎそうになりながら、事の顛末《てんまつ》を報告する。途端に不機嫌そうだった声が怒鳴り声に変わる。

『こっちは会計で言われた金額を払ったんだ！　今さら足りないなんて、ふざけるのもいい加減にしろ‼』

「大変申し訳ございません。田中様のおっしゃるとおり、すべてこちらのミスでございます」

『だったら、そっちでなんとかするのが筋だろう‼　俺は払わないぞ！』

田中さんの怒りは相当だ。

けれど、怒る気持ちも理解できる。払い終えたあとに足りないから追加で払えと言われて、腹が立つのは当たり前のことだ。

誠心誠意心、謝り続けると、感情的になり怒鳴りつけていた田中さんの声のトーンが少し変わった。

「ご迷惑をおかけして、本当に申し訳ありませんでした」

再度謝罪の言葉を述べると、田中さんが咳《せき》払いをした。

『そこまで必死に謝られたら、許さないわけにもいかないな。それで、差額はどうしたらいいんだ。受け取りにきてもらえると助かるんだが』

「あ、ありがとうございます！　田中様のご自宅へ伺えばよろしいでしょうか？」

この機会を逃がすわけにはいかない。

『今、アンタんとこの病院の近くの駅にいる。そこまで来てもらえるか？』

腕時計を確認する。

「もちろんでございます。十分ほどお待ちいただけますでしょうか？」

走れば五分で駅前に着く。余裕をもって十分と伝えた。

『西口のコンビニの前で待ってるぞ』

「承知いたしました」

電話を切ると、領収書を掴んで席を立つ。リミットは十分。もしも遅れてしまえば差額を回収することはできなくなる。私は大急ぎで病院を飛びだした。

待ち合わせ場所へ着く前には、外はもう薄暗くなっていた。

「ご迷惑をおかけして、大変申し訳ありませんでした。今後はこのようなことがないようにいたします」

駅まで全力疾走したせいで息が上がる。

待ち合わせ場所に着くと、約束どおり田中さんが待っていてくれた。

再度、直接謝罪をすると、田中さんは少し困ったように頭をかいた。

「もういいよ。俺も言いすぎて悪かったね。カーッと頭に血が上っちゃってさ」

差額分をいただき訂正した領収書を渡すと、歩きだした田中さんの背中を、頭を下げて見送る。

「ハァ……。良かったぁ……」

すぐさま主任に電話をかける。タイミング良く会議の休憩時間だった主任に指示を仰ぎ、一度病院へ戻った。あとは決められた手順を踏んで担当者に差額と領収書を渡し、更衣室へと向かう。そして縦ストライプのブルー系のブラウスとネイビーのチノパン、それにベージュのトレンチコートを羽織り、裏口から外に出た。

ようやく一件落着。トラブルを解決して肩の荷が下りた瞬間、どっと疲れが押し寄せてきた。

すると、ポケットの中のスマートフォンがブルブルと震えだした。

「もしもし」

『あたしだけど。何度も電話かけてくるの、やめてよ』

電話をかけてきたのは高山さんだった。その声には明らかにトゲがある。

「メッセージ見ました？」

怒りを押し殺して冷静な声で聞き返す。

『見た。で、どうなった？　解決したわけ？』

「さっき差額分をいただきました」

『あっそ。それなら良かった』

自分のミスを棚に上げて、他人事のような言い方の高山さんに憤る。

「良くないですよね？　もちろん、失敗は誰にでもあります。それは仕方のないことですが、良かったって言うのは」

『何⁉　あたしにお説教しようとしてるわけ⁉　ていうか、あたしはアンタみたいに暇人《ひまじん》じゃないの。忙しいからもう切るわよ』

「ちょっ、高山さん！」

電話口の向こうから『ゆきなちゃーん！　まだぁ～？』という男性の声がする。

『ヒヤリハットの報告書、アンタの名前であげておいてよね。ごめーん、今行くーー！』

その言葉を最後に、プーップーッという無機質な機械音が鼓膜を震わせた。

高山さんが会計業務に当たっているとき、自己負担額を間違えて差額分を回収する騒ぎになったのはこれが初めてではない。

かない。

だから、『三割』だと事前に伝えたのに。

同じミスをしておいてそれを『それなら良かった』で片づけられるなんて納得がいかない。

悔しい。もう一度電話をかけようか。いや、きっとかけたって出ないに決まっている。今、彼女の頭の中は、ハイスペック男子をゲットすることでいっぱいだろう。

ハァと深いため息を吐いたあと、私はゆっくりと歩きだす。

怒り以上に虚《むな》しい気持ちが体中に込み上げてくる。今日はひどく疲れた。心も身体もそのどちらも悲鳴を上げている。

けれど、そのまま家路につく気にはなれず、ぶらりと駅前のほうへ足を向けた。

そのとき、ふと視界に飛び込んできたのは黒を基調としたシックなバーの看板だった。看板のCuore《クオーレ》・Refuge《ルフュージュ》という文字に目を奪われる。

「まさかここって……」

『クオーレ・ルフュージュっていうバー。高級でめちゃくちゃ雰囲気がいいらしいの。あたし、まだ行ったことがないからハイスペ男子に連れていってもらいたいなぁ』

高山さんの言葉を思い出し、思わずごくりと唾を飲み込む。

普段だったら素通りして、入ろうなどとは決して思わないはずの場所の前で足を止めて、考えを巡らせる。

私はこのバーのように華のある場所に縁のない人間で、これから先もずっとそれは変わらないはず。

そもそも、こういう場所へ入る勇気もなかった。

だけど、今なら入れるかもしれない。

目をつぶりさっきの高山さんとの会話を思い出す。

私を、オシャレに無縁だとバカにした高山さんがまだ足を踏み入れたことのない高級バーで、お酒を飲む。それが今、彼女への鬱憤《うっぷん》を晴らす唯一の方法だった。

それに、もしも仕事を辞めて実家に戻ることになれば、こんな高級なバーでお酒を飲む機会など永遠に訪れないはずだ。

最初で最後の贅沢《ぜいたく》をしよう。

私は大きく深呼吸すると、意を決してバーの中に足を踏み入れた。

「す、すごい……」

思わず息を呑《の》む。

二十坪以上はゆうにありそうな広々とした店内は、壁も天井も濃い目のブラウンで統一されている。淡いオレンジ色の間接照明の小さな光が、ブラウンにまとめられた店内を幻想的に照らす。

八席あるカウンターの奥にはテーブル席があり、黒い高級感漂う革張りのソファに座った男女が親し気に言葉を交わしていた。

「いらっしゃいませ」

ウエイターは、白シャツに黒ベスト。黒いタイを締め、磨かれた革靴を履いている。その立ち振る舞いは丁寧でどうしても委縮《いしゅく》してしまう。

ひとまずどこかへ座ろう。

トレンチコートを預けると、ウエイターに促されて、ドキドキしながらふかふかの茶色い絨毯《じゅうたん》の上を歩き、カウンター席を目指す。

「いらっしゃいませ」

三十代とおぼしき男性バーテンダーの人の良さそうな笑顔に迎え入れられて、わずかに緊張がほぐれる。

暗めの木目調のカウンターは手入れがよく行き届き、つやつやと輝いている。黒い革張りのスツールに腰かけバーテンダーの後ろにあるボトル棚に目を向ける。そこには見たこともない高価そうなボトルが整然と並んでいた。

高級なオーセンティックバーだからかメニューがない。

注文方法やお酒の種類など何もかもがわからないことだらけの私は、バーテンダーに頼ることにした。

「こ、こんばんは。あのっ、私、初めてで……。えっと、おススメの飲みもの……カ、カクテルをいただけますか？」

緊張からしどろもどろになりながら伝えると、バーテンダーは私の緊張をほぐすかのように柔らかく微笑んだ。

「承知いたしました」

バーテンダーは流れるような無駄のない動きでカクテルを作り、磨き上げられたカウンターテーブルの上を滑らせるように私の前に差しだす。

「カルーアミルクでございます。大人のカフェオレと呼ばれ、女性に人気があるカクテルです。お口に合えばいいのですが」

「あっ、ありがとうございます」

恐る恐る口に含むと、じんわりと口の中に甘味が広がった。

「とっても美味しいです」

そう伝えると、バーテンダーは安堵《あんど》したように小さく頷《うなず》いた。

店内に流れる控えめなスタンダードジャズに耳を傾ける。

普段お酒を飲む機会は少ないけれど、こうやって高級なお店でお酒を嗜《たしな》むのもいいものだ。徐々にお酒が進みふわふわとした気持ちになる。

気分良くお酒を飲んでいると、ふたつ隣の席にいた女性がスマホを見つめてハァッと大きなため息を吐いた。次の瞬間、音を立ててテーブルにグラスを置き、苛立ったように立ち上がる。

胸の下まである金色の巻き髪と派手なメイク。身体のラインを強調する黒のワンピース。ざっくりと開いた胸元からは谷間が露《あら》わになっている。

「チェックで」

「かしこまりました」

誰もが知っている高級ブランドのロゴのついたハンドバッグを手にして歩きだす女性。酔っているのか足元はおぼつかないし、目もうつろだ。

あまりジロジロ見ているのは良くないと女性から視線を逸らして手元のカクテルグラスに手を伸ばす。

私のすぐそばまで女性が歩み寄ると、香水とタバコの交じったような匂いがした。

そのとき、女性がよろけて私の背中にぶつかってきた。

「あっ……」

反動で手元のカクテルグラスが揺れてこぼれた。私が着ていたブラウスの胸元に、点々とカクテルのシミができる。

「大丈夫ですか⁉」

「チッ。気安く話しかけないでよ」

ふらつく女性が心配になりとっさに手を差し伸べようとすると、女性は私を鋭く睨みつけて、何事もなかったかのように歩きだした。

「お客様、大丈夫ですか？　ただいまおしぼりをお持ちします」

「すみません、ありがとうございます」

バーテンダーの言葉に目頭が熱くなる。

今日は散々な一日だ。何もかもがうまくいかなくて、自分がひどく惨めに思えてくる。

お酒のせいか感情が昂《たかぶ》り、キュッと唇を噛《か》む。

「これ、良かったら」

突然、目の前にスッとハンカチが差しだされた。

綺麗にアイロンがけされている一流ブランドのハンカチ。声をかけてきた主に視線をスライドさせる。

「あっ……」

そこにいたのは見知らぬ男性だった。

目が合って思わずハッと一瞬息を呑む。

スラッと背筋の伸びた長身で、手足が長くモデルのようにスタイルがいい。

緩くウェーブのかかった黒髪。きりっとした眉に切れ長の涼し気な目元。鼻筋の通った形のいい鼻に薄い唇。クールそうな精悍《せいかん》な顔立ちをしていた。そのせいか冷たい印象を覚える。男性のあまりに整った容姿に驚いて私はとっさに目を逸らした。

「でも、汚してしまったら申し訳ないので……」

ハンカチを受け取れずにいる私の隣のスツールに、自然な動作で腰かけた男性。

「いらっしゃいませ、新堂《しんどう》様。ご無沙汰しております」

「あぁ、しばらくぶりだ。前と同じものを。ストレートで」

「かしこまりました」

バーテンダーと言葉を交わす男性の顔を見ることができない。

「遠慮しないで。使って」

もう一度差しだされたハンカチを拒否する理由もなく、私は震える手でそれを受け取った。

「あ、ありがとうございます」

お礼を言いながら汚れた服をハンカチで拭おうとするものの、どこが汚れてしまったのかわからないぐらいに混乱していた。

こんなふうに男性に優しくされた経験もなければ、こんなにも素敵な男性と関わったこともない。

恋愛未経験の私はガチガチに緊張して、どうしたって肩に力が入ってしまう。

彼からハンカチを受け取ったことを知ったバーテンダーは、気を利かせてか黙っておしぼりをテーブルに置き小さく頭を下げた。

「新堂様、お待たせいたしました」

男性の前にウイスキーが置かれ、視界の端っこにグラスを持つ男性の綺麗な手が映ってさらに緊張が増す。

厚みのない透明なテイスティンググラスを軽く回して香りを楽しむと、ゆっくりと口に運ぶ。

しなやかに長い指。短く切りそろえられた爪。手の甲に浮かぶ血管には、色気すら感じてしまう。

あまりの緊張に口から心臓が出そう。こんなこと、生まれて初めてだ。

職場にだって男性はいるし、もちろん対応する患者にも男性は多い。仕事上、MRと呼ばれる製薬会社の、整った顔の若い営業と言葉を交わすことだってしょっちゅうある。男性全般に対して免疫がないわけではないはずなのに、どうしてここまで……。

男性が音を立てずに、ゆっくりとグラスをテーブルに置いた。

「ここにはよく来るの？」

それが合図かのように、身体をわずかにこちらに向けて、低く落ち着いた声色で尋ねる男性。私は慌てて男性に目を向けた。

「あ、いえ。は、初めてです」

「すまない。突然、見ず知らずの男に声をかけられたら驚くよね」

私の露骨な反応に、男性は少し困ったように笑った。

歯並びまで綺麗に整っているなんて……。冷たそうに見えた第一印象を、その優しい笑顔が吹き飛ばす。

「そんな……。ハンカチを貸していただいて、ご親切にありがとうございます」

小さく頭を下げてお礼を言う。

「たいしたことはしていないよ。今日はどうしてここに？」

「実は今日、辛い出来事が立て続けに起こって落ち込んでいたんです」

こぼれて三分の一ほどになってしまったカクテルグラスに、そっと視線を落とした。

「そうだったんだね。差し支えがなければ、話して？　俺で良ければ話聞くよ」

「い、いいえ！　そんなの申し訳ないです。それに、嫌なこともありましたけど、嬉しいこともありましたし。あの……」

そこまで言いかけると、私の気持ちを察したように彼が言った。

「新堂です。新堂涼介《りょうすけ》」

「し、新堂さんに親切にしていただけたことが本当に嬉しくて。辛いときこそ人の優しさって身に沁《し》みますね」

そう言って微笑むと、新堂さんは意外そうに目を丸くした。

「ふっ。それなら、君のほうがよっぽど親切で優しいよ。服を汚されたのに、相手の心配までしてただろ」

顔をまじまじと見つめられて落ち着かない私は、残りのカルーアミルクを一気に飲み干した。

飲み慣れないお酒を飲んだせいか、顔が火照《ほて》りはじめる。

「名前、聞いてもいいかな？」

「一ノ瀬美愛です」

「一ノ瀬さん、もう少し付き合ってくれる？」

落ち着いている口調ながら、私を見つめるその瞳には有無を言わさない強さがあった。

「も、もちろんです。でも、逆に私なんかでいいんですか？」

「私なんかって？」

不思議そうな色を瞳に滲《にじ》ませた新堂さんに、余計なことを言ってしまったと私は困ったように笑った。

「よく言われるんです。真面目で地味だって。それは自覚しているので……」

「俺にとって君は充分、魅力的だけどね」

なんの迷いも感じさせない、確かな声色だった。

艶《つや》っぽい瞳で見つめられながらサラッと甘い言葉を投げかけられて、心臓がトクンッと鳴る。

「え……？」

「今日はひとりで飲みたい気分だったけど、君と出会って気が変わった。もう少しだけ、話し相手になってくれる？」

「……はい」

「お酒は強いほう？」

手元のグラスが空になったことに気づき、新堂さんが尋ねる。

まだ飲めるものの、何を頼んだらいいのかわからない。

「いえ、普段はあまり飲まないので」

「甘いほうがいい？　果物は好き？」

「はい。果物は大好きです」

「わかった」

新堂さんは慣れた様子でバーテンダーに私の好みを伝えて、「飲みやすい弱めのお酒にして。それと、ラム酒のストレートも頼む」とつけ加えた。

バーテンダーが小気味いいリズムでシェイカーを振るのを、息を呑んで見つめる。

「お待たせいたしました。こちらはストロベリーマルガリータでございます。テキーラの香ばしさと苺《いちご》の甘酸っぱさをお楽しみください」

差しだされたグラスに注がれた淡い赤色のカクテルを口に含む。

「わぁ……。甘くて飲みやすい。すごく美味しいです」

甘酸っぱい苺の風味が口の中にふわりと広がった。カクテルグラスの縁に添えられた苺が可愛くてお洒落《しゃれ》だ。

思わず笑顔になる。こんなに美味しいお酒、初めてだ。

高山さんが行きたいと言っていた気持ちを今なら理解できる。

「勇気を出して、来て良かった……」

「どういう意味？」

ひとり言は、隣でラム酒を嗜む新堂さんの耳にもバッチリ届いていたようだ。

「実は私、もう二十六歳なんですけど、こういう場所にはずっと縁がなくて」

「そうなんだね。何か理由が？」

新堂さんは興味深げに相槌《あいづち》を打ちながら話を聞いてくれる。

「見てのとおり地味なので。それに、普段は倹約していて。こういう高級なお店は憧れではありましたけど、私には敷居が高かったんです」

正直、店内に入ってすぐ私は怖気づきそうになった。服装や身なりが私とはまったく違ったからだ。女性客はみんな服装も髪型も綺麗にしているし、男性は高級そうなスーツを身にまとっていたから。もちろん、隣に座る新堂さんだってそうだ。

オーダーメイドなのか、身体にフィットした濃いグレーのスーツを綺麗に着こなし、左腕には重厚感漂う大きな文字盤の高級そうな時計をつけている。

「地味なのは悪いことじゃない。倹約もむしろいいことだよ。俺も見習わないとな」

私がふっと笑うと、新堂さんがほんの少しだけおどけたように肩をすくめた。

そのおかげで緊張のほぐれた私は、カクテルグラスの水滴を指で拭いながら言った。

「でも、いいものですね。こういう雰囲気も。普段は絶対に味わえないですし。自分が自分でなくなったみたいで楽しいです。特別な時間を過ごせてる気がしてドキドキします」

「今日で最後みたいな言い方だね」

「来たい気持ちは山々です。でも、これが最初で最後かなと思っています」

「どうして？」

新堂さんが私のほうに身体を向ける。

「私……子供の頃に母が亡くなって父子家庭で育ったんです。でも去年、父の病気がわかって……。治療費も必要だし、今まで以上に節約しないと。父のためなら、自分にできることはなんだってしてあげたいって思っています」

私の言葉に、新堂さんは切れ長の目をわずかに細めた。

「君みたいな娘をもって、お父さんは幸せ者だな」

「そんなことないです。出来の悪い娘なんです」

励ますような優しい声色だった。私は小さくかぶりを振る。

父が一番に望んでいるのは私の幸せだ。

『お前には一刻も早く結婚して、幸せな家庭を築いてほしい。孫の顔を早く見せてくれ』

父は常々そんな話をしていた。

けれど、結婚どころか彼氏すらできたことのない私は、父の一番の望みを叶《かな》えてあげることができない。グラスのラム酒をクイッと呷《あお》ると、新堂さんの喉仏が上下する。

酔いが回ってきてしまったんだろうか。

新堂さんを見つめていると、胸が苦しくなって動悸《どうき》が激しくなる。

「君は優しいな。自分のことより、常に人のことを優先して考えてあげられるんだから」

「そんなことないです。口では偉そうなこと言ってますけど、本当は煌《きら》びやかな世界に憧れだってもっているし、着飾って高級レストランに行ってみたいとか、そんなことを考えたりもします」

三杯目のカクテルを飲み干した頃には、酔いが回りはじめたことをハッキリ自覚できた。体温が上がり、脈が速くなる。カウンターテーブルに手をのせて、身体を支える。

新堂さんは私以上のペースで強いお酒を飲んでいるというのに、顔色にはまったく変化がない。

……私ってば、さっきから新堂さんが話を聞いてくれるのをいいことに、自分の身の上話ばかりをしてしまった。今度は、私が新堂さんの話を聞かせてもらおう。

「そういえば新堂さんは、このお店によく来るんですか？」

「以前はね。今日は久しぶりに来たんだ。三年ぶりかな」

「そ、そんなに」

「しばらく仕事で海外にいて、今日帰ってきたばかりなんだ」

どの国にいたのかまではさすがに聞くことができなかった。海外生活を送ると体形に変化が出てしまう人が多いと聞くけれど、新堂さんはどうなんだろう。

少なくとも、輪郭はシャープだし、スーツの下に余計な贅肉《ぜいにく》は一切見当たらない。

自分に厳しいストイックなタイプなのかもしれない。

「はぁ、そうなんですね。海外かぁ……」

「海外でしか学べないこともたくさんあるから。自分のキャリアアップのためにね」

「すごいですね……」

思わず感嘆の声を漏らしてしまった。

高山さんがよく騒いでいるハイスペ男子というのは、新堂さんのような男性のことを指すのだろう。

正面からでなく横顔まで美しい。一見クールそうだけれど、浮かべる笑みにはまた違った魅力がある。

「すごくなんてないよ。でも、一ノ瀬さんにそう言ってもらえるのは嬉しい」

笑って謙遜しながらも、私まで嬉しくなる言葉をくれる新堂さんはやっぱりすごい。

「ここだけの話なんだけど、実は来週からの勤務が少し憂鬱《ゆううつ》なんだ」

「どうしてですか？」

「職場には女性が多くてね。うまくやろうとは思ってるんだけど、なかなか難しい」

苦笑する新堂さんの顔がわずかにぼやける。必死に目を凝らしても、やっぱり白くぼやけたままだ。少し目を擦り、会話を続ける。

「新堂さんの人柄なら、うまくやれそうですけど……」

「いや、全然だよ」

ふと思う。女性とうまくいかないと感じている原因は、新堂さんが男性として魅力がありすぎるせいではないか。

新堂さんのように容姿だけでなく気遣いもできて振る舞いもパーフェクトな男性を、

女性が放っておくはずがない。だとすれば、新堂さんがやりづらいのも頷ける。

「一ノ瀬さん、仕事は?」

心地のいいジャズの音も、新堂さんの低い声も全部がくぐもって聞こえる。周りの音がどんどん遠くなる。

「私は……近くの病院で医療事務員として……働いています」

「え……。どこの病院?」

「ここから十分ほどの……距離にある広崎医療総合病院です……ご存知です……か?」

そこまで答えたところで、ぐらっと身体が揺れた。急に酔いが回ってきたようだ。

「危ない」

フラッとして、スツールから落ちそうになった私の肩を抱きとめてくれた新堂さん。長く逞《たくま》しい腕に抱かれて、赤らんでいた顔がさらに赤みを増す。新堂さんの身体は想像以上に硬くて筋肉質だった。

「もう、このぐらいにしておこう」

顔を覗き込まれて、至近距離で視線が絡み合う。

「だ、大丈夫です! まだ飲めますから……。それに、まだ新堂さんとおしゃべり……したいんです」

こんなに気持ちのいい酔い方は初めてだ。心も身体もなんだかふわふわする。

酔いに任せて素直な気持ちを口にすると、すがりつくように新堂さんを見上げる。

でも、顔の輪郭すらもうハッキリとしない。身体の力が抜けていく。

「俺も同じ気持ちだ」

「私ってば……初対面なのに、どうして新堂さんにはなんでも話せちゃうんだろう。新堂さんが話を聞いてくれる、優しい人だからかなぁ……」

ほとんど、うわ言のように言う。

「残念ながら、俺はそんなにお人よしじゃないよ」

「新堂さんみたいに素敵な男性とおしゃべりできるなんて、奇跡みたい……」

ああ、ついに呂律《ろれつ》が回らなくなってきてしまった。

「俺はこのまま奇跡で終わらせるつもりはないよ」

ほとんど失われかけた意識の中で、新堂さんがバーテンダーと何か言葉を交わしているのが聞こえる。

肩を抱かれ新堂さんに身をゆだねて目をつぶると、落ち着いた大人の香りがした。

新堂さんの香りかもしれない。その心地のいい匂いを最後に、私の記憶は途切れた。

第二章　驚きの再会

明るい陽の光を感じて目を覚ます。

「んっ……」

ズキンッと頭に痛みが走り、顔をしかめてこめかみを指で押さえる。平日の朝は、決まって隣の部屋の住人のけたたましい目覚まし時計の音で目を覚ますのに、今日はその音が聞こえない。

見覚えのない真っ白な天井をぼんやりと眺めながら、重たい頭で考える。

……ここはどこだろう。

寝心地のいいキングサイズのベッドに身体を沈み込ませながら、顔を横に向ける。二面の窓からは眩《まぶ》しいほどの朝陽が差し込み、部屋を照らしている。その窓の手前にはソファを備えたリビングスペースまである。わずかに顔を持ち上げて見回すと、六十インチ以上ありそうな大型テレビが設置されていた。

「はっ⁉」

昨夜の記憶が蘇る。ふらりと立ち寄った高級バーで出会った新堂さんとおしゃべりをしながら、お酒を酌み交わしていい気分になっていたことを。

酔いの回った私の身体を、新堂さんが支えてくれたところまでは記憶している。

まさか……！

勢い良く身体を起こして、自分の格好を確かめる。服装は昨日と変わりないし、乱れた様子もない。身体に異変も感じられない。

ということは、間違いは犯していないようだ。

それなら、新堂さんはいったいどこに？

「し、新堂さん……？」

おずおずと名前を呼んでも、室内はシンッと静まり返っていて人の気配はない。

混乱しながらも身支度を済ませた私は、あらためて部屋の中を見て回る。

なんて広い部屋なんだろう。

寝室を出て左手には広々としたバスルームがあった。総大理石の磨き上げられた洗面所が二か所にあり、お風呂に至っては都会の夜景を一望できるであろうビューバス仕様になっていた。

再び寝室に戻ったとき、ベッドサイドのナイトテーブルの上に何かがあるのに気がついた。

「これって……」

そこには一枚のメモが置かれていた。

【また会おう】

お手本のような綺麗な字でひと言だけ記されたメモを見つめて、小さく息を吐く。

「そんなの無理だよ……」

知っているのはお互いの顔と名前だけ。連絡先も交換していない。

また会える可能性など、ほぼゼロに等しい。

新堂さんみたいな男性と私に、今後接点があるはずもない。

それにしてもよく寝た。よく……寝た？

「た、大変……！　仕事が……！」

寝室を見回すと、部屋の一角に私のバッグが置かれていた。そのすぐそばには、ハンガーにかけられたトレンチコートがかかっている。

慌ててバッグの中からスマホを取りだして画面を確認すると、七時十五分と表示されている。今日は就業開始時刻の八時半までには病院へ着き、タイムカードを押す必要がある。

ゆっくりする余裕もなく、磨き上げられたガラステーブルの上の黒いカードキーを掴み上げた。

「嘘《うそ》でしょ……」

思わず息を呑む。

キーに印字されていたのは、テレビでもたびたび特集を組まれている駅近の超高級ホテルの名称だった。あまりの衝撃に眩暈《めまい》を起こしそうになりながら、私は慌ただしく部屋を出てフロントへ向かった。

「あっ、あの……チェックアウトしたいんですけど……」

カードキーを手渡し、バッグの中から財布を取りだす。

こんな高級ホテルに泊まる予定はなかった。手持ちの現金で払うことはできないだろう。震える指先でクレジットカードに手をかける。

「お会計はすでにお済みです」

「え……?」

フロント係の男性の言葉に困惑して、首を傾げる。

「ありがとうございました。お気をつけてお帰りくださいませ」

丁寧に頭を下げられ、混乱しながらホテルをあとにする。

「もしかして新堂さんが……?」

ポロリとひとり言が漏れる。

よく考えたら、バーで飲んだお金も払った記憶がない。

私ってば、なんてことを……！

酔っぱらって迷惑をかけただけでなく、お金まで支払わせてしまったなんて……。

ふと昨日借りたハンカチのことを思い出して、バッグを開ける。中には綺麗に折りたたまれた、ネイビー地にグレーのストライプの入ったハンカチがあった。

そっと取りだして、ギュッと胸に抱き締めるとふわりといい匂いがした。昨日と同じ、シトラスにウッドが溶け合ったような独特のさっぱりとした大人の香り。その落ち着いた香りに新堂さんを思い出し、胸が急激に熱を帯びる。

素敵な人、だったな。

容姿はもちろんのこと、話し方も相槌の打ち方も余裕があって紳士的で、まとう雰囲気も独特だった。ひとたび出会ってしまったら、本能的に抗《あらが》えないほどに魅力的で、私の心を震わせた。短時間言葉を交わしただけなのに、彼はあっという間に私の心の中に入り込んできた。穏やかですべてを包み込むような、それでいて有無を言わせないあの余裕のある甘い微笑みを思い出すだけで、胸の中に熱いものが込み上げてくる。

新堂さんといる時間は、カラカラに乾いていた私の心に潤いを与えてくれた。

願わくは、もう一度会いたい。そしてお礼と謝罪をしたい。

そのとき、目の前をスーツ姿の若い男性がものすごい勢いで通り過ぎていった。駅方面へ向かっているのだろうか。男性の後頭部は寝癖で酷いありさまだった。寝坊をして、遅刻をしそうなのかな……遅刻！

「た、大変……！」

急がないと私も遅刻だ。時計を確認して男性の背中を追いかけるように走りだす。

新堂さんと過ごした夢のような時間が終わり、現実に引き戻される。そうしてまた、私の平穏な日常が始まった。


あっという間に一週間が終わり、また月曜日がやってきた。

ルーティーンの玄関掃除を終えて医事課の事務室へ入ると、高山さんたちが立ち話をしていた。

「ねぇ、知ってる？　院長の息子、今日から出勤だって」

あちこちにアンテナを張り巡らせ病院の情報を網羅《もうら》している高山さんが、得意げに鼻を鳴らす。

「今日からなの？　すっごい楽しみ。噂《うわさ》によると相当なイケメンなんでしょ？」

「らしいよ。外科医で将来安泰のイケメンなんて最高よね。ただ、ひとつ難点があるらしくて」

もったいぶるように話す高山さんに呆《あき》れながら、後ろを通り過ぎる。普段は緩く巻いた茶色の髪を結んでいるのに、今日はアップにしている。それに、心なしかいつもよりメイクも濃い。

「何それ」

「とにかく冷めてて、愛想が悪いんだって」

「ふぅん。そうなんだ。何歳なの？」

「三十一歳。まだ独身らしいし、あたし狙っちゃおうかなぁ」

なるほど、と心の中で呟《つぶや》く。いつもより気合が入っているのはそのためか。

高山さんのおしゃべりはとまらない。医事課の中は院長の息子の、イケメン外科医の話でもちきりだった。

そこまで噂になるなんて一度お顔を拝んでみたいものだけど、私には関係のないことだ。

「一ノ瀬さん、おはようございます」

「おはよう」

受付の準備をしていると、隣に須藤さんがやってきた。

テキパキとした動きで受付にあるパソコンやキーボードなどを掃除し、残り少なくなっていたコピー機の用紙を補充すると再び私の隣に戻ってきた。

「高山さんってばまた男の話してますよ。この間の合コン、うまくいかなかったんですかね」

チラリと須藤さんが高山さんに視線を向ける。

「どうなんだろうね」

苦笑いを浮かべながら答えたとき、医事課の奥から主任がやってきた。

「須藤さん、悪いんだけどこの書類、整形外科のクラークに渡してきてもらえる？」

「……整形ですか？」

「うん。急ぎで頼む」

須藤さんの顔が強張《こわば》ったのがひと目でわかった。

彼女が医事課へ異動になったのは、以前いた整形外科の病棟クラーク内での人間関係が原因らしい。整形外科の若い医師に気に入られていた須藤さんを、看護師やクラーク仲間は良く思わず、孤立したと風の噂で聞いた。

どんな仕事も嫌な顔ひとつせず引き受けてくれる彼女が、あんな顔をするなんてよっぽどだ。

「須藤さん、それ私が届けてきていい？」

「え？」

彼女の瞳が揺れる。

「整形の看護師に聞きたいことがあって。そのついでに渡してくるよ」

「いいんですか？」

私が手を差しだすと、普段あまり感情を表に出さない須藤さんが目に見えて安堵した。

「もちろん。代わりに受付準備お願いしてもいいかな」

「ありがとうございます。やっておきますね」

書類を受け取って茶色いレトロな掛け時計に目をやる。まだ時間は充分にある。

「うん。行ってくるね」

私は須藤さんに声をかけると受付を出て、整形外科のある三階へ向かった。

どこの科も就業開始時間が迫り、医師や看護師による朝の申し送りが行われていた。

整形外科に着くと、慌ただしく準備をしていた病棟クラークに書類を渡して引き返す。もちろん、看護師に聞きたいことなどあるはずもない。

エレベーター乗り場まで行きボタンを押すと、ポーンッという音がしてエレベーターの扉が開いた。足を踏みだそうと視線を上げて進む先を見ると、男性が乗っていた。

「えっ」

ネイビーカラーのスクラブの上に白衣をまとった長身の男性。

すべての思考回路が停止してしまったように、身体が動いてくれない。

私が茫然《ぼうぜん》としている間にエレベーターの扉が閉まりかける。彼はさりげなく一歩前に出て扉を押さえた。

「今、君に会いにいこうと思っていたんだ。まさかこんなところで会うなんてね」

落ち着いた低い声を聞いて、ぼんやりしていた私は現実に引き戻される。

どうして……？　あまりの驚きに言葉が見つからない。

「乗って」

新堂さんは扉を押さえたまま、あの日と同じように切れ長の目で、驚きでワナワナと唇を震わせる私を見つめた。

「一階でいい？」

「は、はい」

エレベーターに乗り込むと、新堂さんは一階のボタンを押した。

「あ、あの……どうしてここに新堂さんが……？」

「ああ、言ってなかったか。今日からここで働くことになったんだ」

首から下げたネームタグには【一般外科　新堂涼介】と書いてある。

「今日から……？　まさか……院長の息子さんって……」

半信半疑で尋ねる。そんなことって……。

「ずいぶん情報が早いな」

新堂さんは白衣のポケットに手を入れながら、おどけたように言った。

「さ、さっき医事課の中で噂になっていたので」

上ずった声でそう答えるのが精いっぱいだった。

頭の中はすでにパンク寸前だ。新堂さんが医師であったことも、まさか同じ病院で働くようになることも、あまりにも想定外だった。それどころか院長の息子だなんて。

……信じられない。こんなことが起こるなんて……。

もう二度と会うことはないだろうと思っていた人が今、私のすぐそばにいる。

そう考えるだけで胸の奥で心臓が跳ねる。

「メモ見てくれた？」

「はい。でもまさか、本当にまた会えるなんて信じられなくて……」

新堂さんの視線が私の横顔をたどるのに気づいていながらも、私はエレベーターの扉を見つめ続けながら話した。

「ずいぶんよそよそしいな。一夜をともにした仲なのに」

「……っ！」

思わず新堂さんに視線を向けると、彼はニッと意地悪な笑みを浮かべた。

「新堂さん……あの日……」

「残念だけど何もなかった。無防備に眠る君に、一方的に手を出したりしないから安心して」

「すみません。あんなふうに意識をなくすまで飲んで、迷惑をかけてしまうなんて……」

「迷惑ではないけど、外で飲むときはほどほどにな」

「は、はい……」

ポンッと音がして、エレベーターが一階に着き扉が開いた。

密室空間の中にふたりっきりでいるのは心臓に悪い。

手前にいた私が先に降りようと頭を下げて一歩を踏みだすと、パシッと手首を掴まれた。

「待って、美愛」

私は新堂さんに導かれるようにしてエレベーターを降りた。

えっ……？　今、私のこと美愛って呼んだ……？

ポカンッとして固まっていると、新堂さんは私の目を真っ直ぐ見つめた。

「美愛、今日……」

「あっ、いた！　新堂先生！　至急相談したいことがあるんですが」

白衣を着た男性が慌てた様子でこちらに駆け寄り、新堂さんの言葉を遮《さえぎ》った。

「ハァ……、最悪なタイミングだな」

苦虫を噛《か》み潰したような顔を男性に向ける新堂さん。

「あっ……、すみません。大事な話でしたか？」

「いや、なんでもない」

意味ありげな熱を帯びた視線が私に向けられる。吸い込まれてしまいそうな強い眼差しに、心臓が早鐘を打つ。視線が絡み合うと、新堂さんは私の反応を楽しむかのようにわずかに甘い笑みを浮かべた。

「わ、私はこれで。失礼します……！」

声を上ずらせながら新堂さんに頭を下げると、私は逃げるようにその場をあとにした。

放心状態のまま医事課に戻ってきた私を、高山さんがギロリと睨む。

「ちょっと！　一ノ瀬さん、遅い！　どこで油売ってきたのよ」

「ご、ごめんなさい」

謝りながら受付に立つ。

あと数分で患者がやってくるというのに、何も手につかない。

昂る気持ちを抑えようと、ドクンドクンッと鳴り続ける心臓にそっと手を当てる。

まさかまた会えるなんて信じられない。私はまたしても、新堂さんのあの微笑みに射貫かれ、骨抜きにされてしまった。それに……さっき新堂さんは、何を言いかけたの……？

雑念を振りきるようにブンブンッと首を横に振ると、隣にいた高山さんが恐ろしいものを見たかのように顔を引きつらせる。

「ちょっと、急に何？」

「ダメダメ、集中しなきゃ……」

背筋をピンッと伸ばしたとき、病院の入り口が開き患者が受付にやってきた。

「おはようございます」

笑顔で患者を迎え入れる。今日もまた慌ただしい一日が始まった。


午前中の診療時間が過ぎると、医事課にようやく静けさがやってきた。

受付を閉じホッと胸を撫《な》で下ろしたとき、突如医事課の女性たちが色めき立った。

「もしかしてあの人じゃない⁉ 院長の息子！」

高山さんの声に顔を上げると、数メートル先に白衣を着た男性が立っていた。

若い看護師と言葉を交わしているのは新堂さんだった。

「うわっ、予想以上のイケメン！」

「ヤバッ。あたし、超タイプなんだけど」

「彼女とかいるのかな？」

医事課の女性たちは競い合うように、熱い視線を新堂さんに送る。

けれど、高山さんだけはスカートのポケットから取りだした小さな手鏡を上目遣いに見つめて前髪を直している。

私も彼女たちと同様に新堂さんを見つめた。

あれ……？ おかしいな。

すぐに新堂さんの違和感に気づく。

私の知っている新堂さんと雰囲気が違うのだ。バーで一緒にお酒を飲んでいたときもさっきエレベーターに乗り込んだときも、新堂さんは柔らかい表情を浮かべていた。

でも、今はまるで別人のよう。相手を寄せつけないように胸の前で腕を組み、冷ややかかつ淡々とした様子で、看護師と言葉を交わしている。

「ていうか、あの看護師って、こないだ整形外科のドクターにちょっかい出してた子じゃん。ちょっと若いからって調子にのって、いろんな男に手出しすぎでしょ」

手鏡をパタンッと閉じた高山さんがチッと舌打ちをしたとき、会話が終わったのか新堂さんがこちらに向かって歩きだした。

「あの様子じゃ相手にされなかったみたい。ざまあみろって感じ」

高山さんの言葉と同時に、新堂さんが受付の前までやってきた。

「初めまして。新堂です。過去の外科の患者カルテ、どこにあるかな？」

にこりともせず淡々とした口調で用件を述べる新堂さんに、先ほどまでワイワイと騒いでいた医事課の女性たちが表情を引き締める。

けれど、高山さんだけは例外でにっこりと満面の笑みを浮かべると、私を押しのけるようにして新堂さんの前に立った。

「初めまして、新堂先生！　受付の高山幸奈です。カルテ庫は本館にはないので、あたしが案内しますねぇ」

普段よりワンオクターブ高い猫なで声で話す高山さんに、新堂さんは顔色ひとつ変えない。

「場所だけ教えてもらいたい」

「でも、すごくわかりづらい場所にあるんですよぉ。だから、あたしが――」

「結構だ」

ぴしゃりと高山さんの言葉をシャットアウトした新堂さんに、高山さんの目の下がピクリと引きつる。

「あっ、あの……」

ふたりのやりとりを横で見ていた私は思わず割って入った。

「カルテ庫に入室の際は、静脈認証とＩＣカードによる入退室管理が行われています。先生は今日が初日ですし、まだ静脈認証がなされていない可能性が高いと思います」

「なるほど。確かに入れない可能性が高いな」

私の言葉を新堂さんは素直に受け入れてくれた。

「はい。それなので、お急ぎでしたら医事課のスタッフとカルテ庫へ向かわれるのが早いかと思います」

以前も着任したばかりの医師に、カルテ庫の場所を聞かれたことがあった。そのとき、認証がうまくいかず結局一緒にカルテ庫へ向かうことになり、二度手間になってしまったことがあった。

「わかった。カルテ庫へ案内してもらおう」

「はい！　では、ご案内しますねぇ！」

高山さんが上機嫌で受付から出ようとしたとき、新堂さんの切れ長の瞳が真っ直ぐ私を捉えた。

「いや、案内は君にしてもらいたい」

「えっ……？」

高山さんがピタリと足を止めて、私と新堂さんを交互に見つめる。

「一ノ瀬さん、君だ」

新堂さんは有無を言わさぬ口調でそう言った。

外は雲ひとつない晴天だった。ふわりと柔らかな春風が吹き、前髪をなびかせる。

カルテ庫は本館の隣で、旧館の奥にある。新堂さんと一緒に歩くと、あちらこちらから熱い視線が飛んできて、なんだか落ち着かない気持ちになる。

チラリと斜め後ろを歩く新堂さんに目をやる。

バチッと目が合うと新堂さんは「ん？」というように目を丸くして、口角を持ち上げて首を傾げる。

新堂さんは無自覚に私の心をかき回す天才だ。私は慌てて前に向き直る。彼が後ろにいると思うだけでなんだかドキドキしてきて、自然と歩くスピードが速まった。

カルテ庫に着き、静脈とＩＣカードによる認証で扉を開けて中に入ると、「ありがとう」と新堂さんが私にお礼を言った。

普段、人の出入りの少ないカルテ庫内は、少しだけほこりっぽい。紙独特のものなのか、古本屋と同じ匂いがする。天井近くまであるラックにはぎっしりとカルテが並べられている。処方箋や透析《とうせき》記録、レントゲン画像など絶対に外部に漏らしてはならない患者の個人情報が収められている。

シンッと静まったカルテ庫の中にふたりっきりだと思うと、なんだかひどく緊張してしまう。

「患者さんのＩＤ番号を教えてもらえますか？　探すのお手伝いします」

カルテ庫の中に入っても、なぜか新堂さんはカルテを探す素振りを見せない。探し方がわからないのかもしれないと、平静を保つためにあえて仕事モードの口調で尋ねると、振り向きざまに新堂さんがふっと笑った。

「こんなことして、職権乱用だな」

「え？」

新堂さんは私に向かい合い、ポケットから見覚えのあるＩＣカードを取りだした。

「静脈認証はもう済んでいる。本当はひとりで出入りできたんだが、どうしてもさっきの話の続きをしたくて」

その言葉にエレベーターを降りたときのことを思い出す。確かにあのとき何か言いかけていたけれど……。

「今日の夜、空いてる？」

「今日ですか……？」

もったいぶっているわけではない。でも、すぐに返事ができなかった。新堂さんの誘いがどういう類《たぐい》のものなのか、真意を測りかねていた。

「そう。ふたりきりで会いたい」

私の心を読んだように、ふたりきりという部分を強調する新堂さんは、射貫くような熱い視線を投げかける。

「空いてますけど……」

私の答えを聞くと、新堂さんの表情がわかりやすく緩んだ。さっき受付にやってきたときとは、まるで別人のようだ。

「じゃあ、食事にいこう。仕事が終わったら職員用の駐車場に来て」

ふたりきりで会いたい？　食事にいく？

これってまさかデートのお誘い……!?

もういろいろなことが一気に起こりすぎて、パニック寸前だ。

「わ、わかりました。失礼します」

あまりに突然のお誘いに、混乱しすぎてどう反応したらいいのかわからず、どこか素っ気ない対応になってしまう。

小さく頭を下げて、逃げるように新堂さんに背中を向けようとしたとき、足がもつれた。

転びそうになり反射的にギュッと目を閉じて身体に力を入れた瞬間、大きな手がふわりと背中を支えた。

「大丈夫か？」

「……っ」

ネイビーのスクラブから覗く綺麗な鎖骨が目の前に迫り、ドキリとして慌てて目を逸らす。

それと同時に背中を支える手のひらに力がこもり、身体を新堂さんのほうへ引き寄せられた。服越しに感じる大きくて熱い手の感触に心臓が跳ねる。

落ち着き払った新堂さんとは対照的に、私は視点が定まらないほどに動揺していた。

「すみません、ありがとうございます」

なんとか言葉を紡ぎだしてお礼を言うと、新堂さんの手が私から離れた。

そして、大きな手のひらが私の頭の上にのせられたかと思うと、流れるような動きで熱く火照る頬をゆっくりと撫でつけた。

「真っ赤だ」

心臓が早鐘を打つ。その音が新堂さんに聞こえてしまうような気がして、思わず後ずさると、シルバーのラックに背中がぶつかった。

新堂さんは我に返ったように私から手を離した。

「すまない。可愛い反応をされて、ここがカルテ庫だってことを忘れてしまいそうだった」

「新堂さん……」

胸がギュッと締めつけられたように苦しくなる。

「今日の夜が今から楽しみだ」

余裕のある落ち着いた口調で新堂さんは言った。

「わ、私もです！」

とっさにそう口にすると、新堂さんは嬉しそうに目を細めて微笑んだ。

せっかくだしカルテ庫内を見てから戻るという新堂さんに別れを告げて、ひと足先にカルテ庫から出ると、私は自分の胸元に両手を当てる。

「新堂さんに誘われるなんて……」

信じられないぐらい激しく鳴る胸の鼓動は、しばらく静かになってはくれなかった。


一度医事課へ戻ってランチバッグを手に、私は病院内にある社員食堂へ向かった。

昼休憩になると、医師や看護師だけでなく病院で働く人の大半は、社員食堂を利用する。栄養バランスが良くバラエティ豊かなメニューが揃《そろ》っていると、職員にも好評だ。働きはじめた当時は、周りの人たちに合わせたほうがいいだろうと社食で食べていた。けれどお弁当を持参する人も多いことがわかってからは、ほぼ毎日手作りの弁当を持参している。

「ハァ……」

社食休憩所のテーブルの上に広げたお弁当が一向に減らない。大好きな唐揚げすらも喉の奥で詰まったようにうまく呑み込めない。

食事が喉を通らないことなんて、今まで一度もなかったのに。

あのときの、頬に触れた手のぬくもりを思い出すだけで、叫びだしてしまいそうになる。

どうにかしてお弁当を半分ほど食べ終えたところで、蓋を閉めて医事課へ戻る。

受付では高山さんが他の事務員と言葉を交わしていた。

「さっき外科の看護師の子に新堂先生のこと聞きにいったんだけどさ、やっぱりクールな人みたい」

「受付来たときも、にこりともしなかったもんね」

「そうそう。院長の息子だしスペックもいいけど、感じ悪かったよね」

毒づく高山さんの横を通り過ぎようとしたとき、「ねえ」と呼び止められた。

振り返ると、高山さんは何か言いたげな表情でこちらを見つめた。

「新堂先生とカルテ庫行って、なんか話したりした？」

そばにいた事務員たちの意識が一斉に私に向く。

「えっと……特には何も」

私の言葉を聞くなり、張り詰めていた空気が一瞬で緩んだ。

「やっぱり。新堂先生がアンタを指名したのも、特に意味はなかったのか」

高山さんは納得したように呟く。

今日の夜、新堂さんに食事に誘われたなんて口が裂けても言えなかった。


終業時間になり別館の更衣室で身支度を整えて、約束どおり本館の裏側にある職員用駐車場へ向かう。

そこには、ひと際目立つピカピカに磨き上げられた真っ黒なボディの乗用車が停められていた。フロントのエンブレムに見覚えがある。車に疎《うと》い私でも知っている外国製の超高級車だ。その運転席に、新堂さんが座っていた。私が駆け寄ってくるのに気がつき運転席から降りると、助手席のドアを開けた。

「お待たせしてすみません」

「そんなに慌てなくて良かったのに。乗って」

促されて助手席に座りシートベルトを締める。

高級そうな革張りのシートの感触に緊張が高まってくる。まさか私が新堂さんの車の助手席に座っているなんて……。

　車がなだらかに発進する。やっぱり高級車は違う。静音性が高く、乗り心地が抜群にいい。病院の駐車場を出てからひとつ目の信号機で停まると、私はおずおずと運転席の新堂さんに尋ねた。

「あのっ……今からどこへ？」

「レストランを予約してある。シュペール・パラディってお店知ってる？」

　顔をこちらに向けた新堂さんと目が合い、私はきょとんとしながら聞き返す。

「えっ、シュペール・パラディですか……？」

　そこは、隣町にある超高級フランス料理店で、世界的に有名なガイドブックにも載っているほど名の知れた店だ。

　まさか、そんなお店に誘われるなんて夢にも思っていなかった。そして声をかけられたのは今日なのだから当然、なんの準備もしていない。

　自分の洋服に視線を落とす。

　ベージュのトレンチコートを羽織り、スタンダードな黒のチノパンに白シャツを合わせたカジュアルなコーディネート。足元は歩きやすくて長年愛用しているパンプスだ。

運転席の新堂さんの服装をチラリと見やる。

上下ネイビーのスリーピーススーツに身を包み、足元は黒く磨かれた革靴を履いている。

新堂さんと違い、私はとてもフレンチを嗜めるような服装ではない。

「何か不都合があった？」

青信号に変わり、新堂さんがゆっくりとアクセルを踏み込んだ。

「すみません……。お食事に誘ってもらったのに私、こんな格好じゃとても行けません。一度家に帰って着替えてもいいですか？」

自宅にある小さなクローゼットの中の洋服を必死に思い浮かべる。レストランで食事をするならドレスコードを意識する必要がある。それなりに煌びやかで華やかな服装が好ましい。服装だけじゃない。バッグや靴、それからアクセサリーだって考えなければならない。

「ああ、それなら考えてある。食事前に少し買い物をしよう」

新堂さんはそう言うと、そのまま車を走らせた。

十五分ほどして、新堂さんは車をコインパーキングに停めた。

そこから少し歩くと、大通りに面したガラス張りの路面店の前で立ち止まる。目に飛び込んできたのは、今まで一度も足を踏み入れたことがないような高級ブティックだった。

「ここにしよう」

「えっ？　し、新堂さん⁉」

気負いながら新堂さんのあとに続き店に入る。ベージュと白を基調にした落ち着いた内装の店内。床は大理石が敷き詰められ、クールとモダンが融合したようなラグジュアリー感溢《あふ》れる空間だった。洋服だけでなく靴やバッグなどさまざまな品が整然とディスプレイされている。

「いらっしゃいませ」

カツカツと近づいてくるハイヒールの音。スタッフの女性に声をかけられ、私は思わず身を硬くした。

「何かお探しでしょうか？」

モデルのようなスタイルの女性スタッフが、愛想のいい笑みを浮かべる。黒髪のシンプルなショートヘアが小さな顔をさらに際立たせている。

「これからディナーへ行く予定なんだ。彼女に一式プレゼントしたいと思っていてね」

「さようでございますか。こちらへどうぞ」

笑顔で店の奥まで案内され、あれよあれよという間に新堂さんが数着分の服や靴を選び、私はそれらを試着することになってしまった。

新堂さんと別れてから通されたのは、私が想像していた試着室とはまるで違うものだった。

店の奥の扉を開けるとソファやテーブルが用意されており、まるで部屋のようだ。甘い香水の匂いに誘われるように、私は試着室へ足を踏み入れた。

試着室に入り、着ていた洋服を脱ぐ。

磨き上げられたピカピカの鏡には、捨てどきを逃して使い込まれた下着姿の私が映っている。

それから目を逸らすように、まずはベージュのワンピースを手に取り袖を通す。

脇のファスナーを上げようとするものの、サイズが小さいのか途中で止まってしまう。フゥーッと息を吐きながら上げようと身体を左右に揺らして格闘するが、どうやったって入りそうもない。扉の外ではあのスリムな女性スタッフが待っている。こんな情けない姿を見られたくない。

私は声をかけられる前に、急いでワンピースのファスナーを下ろして、次のワンピースに手をかけた。

「うわぁ……私じゃないみたい……」

最後のワンピースに着替え終わると、私は試着室の中で呟いた。

鏡に映る自分は、まるで別人のようだ。ぐるりと回って全身をチェックする。

新堂さんがいくつか選んでくれたものの中で、一番気に入ったのが総レースのグレージュのロングドレスだった。繊細なレースは、シアーな透け感が大人っぽく見える。

こんなふうにおめかしするのは去年、友達の結婚式に参列して以来だ。馬子にも衣装だとわかっていても、気持ちがウキウキと明るくなる。

「お客様、サイズのほうはいかがでしょうか？」

「は、はい！　ピッタリです」

試着室の扉をおずおずと開けて顔を出すと、にっこりと微笑むスタッフの女性と目が合った。

残念ながら、彼女と私ではスタイルに圧倒的な差がある。笑われはしないかと気後れしながら試着室を出る。

けれど彼女は私の姿をまじまじと見つめると、さらに表情を輝かせた。

「とってもよくお似合いです！　ですが、このドレスにはアップスタイルの髪型のほうが似合うかもしれません。お客様がよろしければ、ヘアメイクをさせていただいてもよろしいでしょうか？」

大人になってしまうと、誰かに褒められることはあまりない。リップサービスだとわかっていても、頬が緩む。

「いいんですか……？」

「もちろんでございます」

「あっ、でもディナーの時間が……」

気を良くしてお願いしたものの、新堂さんが予約している時間を私は把握していない。

「時間はたっぷりあるからゆっくり好きなものを選んで、とお連れ様に言いつかっております」

「そうなんですか……？」

「はい。では、こちらへどうぞ」

試着室を出ると、私は促されるままに鏡の周りにライトのついている、ミラードレッサーの前の椅子に腰かけた。

まるで芸能人の控室のように、さまざまなメイク道具やヘアケア剤が揃っている。

ひとつに束ねていた髪をほどくと、女性スタッフは慣れた手つきで念入りにブラッシングをする。

鏡の中の自分があれよあれよという間に、綺麗になっていく。すごい。まるで魔法にかけられているみたい……。

「す、すごい……」

二十分ほど経ちヘアメイクが終わると、私は顔の角度を何度も変えて、鏡を食い入るように見つめた。指で触れた頬はなめらかでキメが細かく、ファンデーションの香料なのか、ほのかに甘い香りまでする。普段、自分がしているメイクを根底から覆《くつがえ》されるほどの衝撃だった。

「素敵です……！　お連れ様もきっと驚かれますね」

「自分が自分じゃないみたいです……！　ありがとうございました」

「こちらこそ、久しぶりに腕を振るえて嬉しいです」

このブティックに勤める前は美容師として働き、休日は副業で結婚式場のヘアメイクを担当していたこともあると、スタッフの女性は話してくれた。

髪をヘアアイロンで緩く巻き、シニヨンのアップスタイルに。後れ毛を出すことでラフな抜け感のある印象に仕上がっている。ドレスとの相性もバッチリだ。

メイクもドレスとヘアスタイルに合わせ大人っぽく仕上げてくれた。

新堂さん……どんな反応をするかな……？

緊張に胸を高鳴らせながら、新堂さんのいる場所へ歩み寄る。

コツコツと響くヒールの音が緊張をさらに刺激する。

「新堂さん」

店内の商品を眺めていた背中に声をかけると、新堂さんが振り返った。

見るなり、新堂さんは目を見開いて私の全身に視線を走らせる。

新堂さんに見られていると思うだけで胸の奥が疼《うず》き、ほんのわずかな時間がとても長く感じられた。

「……綺麗だ」

言ってからハッとしたような表情を浮かべると、新堂さんは切れ長の瞳をわずかに細めて微笑んだ。

「驚いた。よく似合ってる。髪型も変えたんだね？」

「はい。ヘアメイクもしてもらいました」

気づいてもらえたことが嬉しくて、そっと髪に触れながらはにかむ。

「昼間の姿もいいけど、今の美愛も可愛いね」

よどむことのない口調で嬉しいことを言ってもらっているというのに、うまく返事ができない。

新堂さんに見られていると思うだけで、全身が熱を帯びて頬が赤らんだ。

「ただ、そういう格好は俺といるときだけにしてくれ」

「え？」

「君がとても魅力的だということを、他の男に気づかせたくないんだ」

新堂さんはそう言うと、そっと私の腰に手を回した。

「さあ、行こうか」

スマートにエスコートされて、店の扉のほうへ歩きだす。

「で、でもお金……」

「初デートなんだし、プレゼントさせて」

初デート……？

新堂さんの言葉であらためて、これがデートなのだと実感させられる。

「ありがとうございました」

私たちが歩み寄るタイミングで入り口のドアが開かれて、店員に見送られる。

頭を下げる店員の中に、ヘアメイクをしてくれた女性もいた。

感謝の気持ちを込めて笑顔で会釈をすると、女性も柔らかい笑顔で私たちを見送ってくれた。


店を出て車に乗り込むと、新堂さんは再びハンドルを握った。

「あのっ、何から何まで本当にすみません……。せめて、この間のバーとホテルのお金だけでも支払わせてください」

レストランへ向かうまでの車中、私はタイミングを見計らって切りだした。

あのときだけでなく、今日だってこんなに……。

ドレスと同系色のイタリア製のシンプルなパンプスと、パステルカラーよりさらに淡いアイシーカラーのグリッター素材のクラッチバッグ。普段私が簡単に買うことなどできないぐらいの金額のものを、新堂さんはプレゼントすると言って聞かなかった。

どうして私なんかのためにここまでしてくれるのか、新堂さんの考えていることがまったくわからない。彼は、着任初日から若い看護師に言い寄られるほどモテる人だ。

かたや私は今まで恋愛経験がなく、男性から言い寄られたこともない。ハイスペックな新堂さんが、どうして平凡でなんの取り柄もない私なんかを構うんだろう。

「俺が好きでしたことなんだから、気にしないで。いいね？」

新堂さんの言葉に、私は続く言葉を呑み込む。

これ以上食い下がると、新堂さんの厚意を無下にしてしまうような気がした。

「ありがとうございます。大切にしますね」

膝の上のクラッチバッグを引き寄せてお礼を言うと、新堂さんは満足げに頷いた。


車を降りるとレストランの入ったビルを、天を仰ぐように見上げた。

揃ってエレベーターに乗り込み、レストランのある階に着くと、ウエイトレスに出迎えられて予約席に案内される。

私の一歩前を歩く新堂さんの背中は堂々としていて、場慣れしている様子がうかがえる。一方、私はというとあまりの緊張に、歩き方までぎこちない。

店内は古典的なフランスの建物のような内装の、アンティークスタイルだった。総柄の壁紙にS字に湾曲した足の家具、それにクラシカルな柄の厚手のカーペットが敷き詰められていて、上質な雰囲気が漂っている。

テーブル席の横を通るとき、椅子に座った女性が新堂さんに目を奪われているのがわかった。彼女はその姿を目で追いながら、上から下まで舐《な》めるように見つめていた。

しかし新堂さんは、彼女にはまったく動じず歩き続ける。女性の目線が今度は背後にいる私に向けられた。先ほどとは違い、見定めているかのような視線に背中を丸めて、私は逃げるように足を速めた。

「緊張してる?」

「……はい」

一番奥の窓際の席に案内され、ふわっとした座り心地のいい椅子に新堂さんと向かい合って座る。

緊張を紛らわすために、私は四十階の窓から都会の夜景を見下ろした。

なんて美しいんだろう。遠くに見える大小さまざまな建物や、小さく見える電車や車に目を奪われる。数分前までは私もあそこにいたというのに、今は別世界に来てしまったみたい。私がこんなところにいるなんて、信じられない……。

「綺麗……」

思わず言葉を漏らすと、目の前に座った新堂さんがくすっと笑った。

「気に入ってもらえた?」

「もちろんです! こんな素敵で煌びやかな場所で食事ができるなんて、夢みたいです」

「良かった。ちょっと自信がなかったんだけど、ここは煌びやかな世界であっていたんだな」

「え？」

新堂さんの言葉に首を傾げると、初めて会った日のことが脳裏に浮かんだ。

『本当は煌びやかな世界に憧れだってもっているし、着飾って高級レストランに行ってみたいとか、そんなことを考えたりもします』

確かにあの日、私はお酒の勢いに任せてそんなことを口走った気がする。

ふと病院を出てからこの瞬間までの記憶を辿《たど》る。よくよく思い返せば、あの日、私がしたいと言ったことをまさに今体験しているのだ。

「新堂さん、もしかしてあの日の言葉を覚えてくれていたんですか？　だから今日、私をこんな素敵な場所に……？」

「あの日の君との会話は全部覚えてる。たまには贅沢して、自分を甘やかしてあげてもいいだろ？」

酔った勢いだった私の言葉を覚えていてくれたことも、それを叶えてくれたことも。

新堂さんの気持ちが嬉しくて、胸に熱い感情が込み上げてくる。

「ありがとうございます」

真っ直ぐ新堂さんの目を見てお礼を言う。

目頭が熱くなって目が潤む。鼻の奥がツンッと痛んで、必死に涙を堪えながら言葉を続ける。

「こんなに嬉しいサプライズ初めてです。本当にありがとうございます」

喜びを噛みしめるように言って頭を下げると、新堂さんは少し驚いたような表情を見せたあとハァと息を吐いた。

「参ったな。そんなふうにお礼を言われるのは初めてだ」

「え……？」

「俺が出会ってきた女性はみんな、してもらって当たり前って顔をしたから。君みたいな人は初めてだよ」

みんな……か。思わず心の中で呟く。

新堂さんのように魅力的な男性を、女性が放っておくはずがない。経験のない私と違って、新堂さんはきっと女性経験も豊富に違いない。

私はぎこちない笑みを浮かべながら、新堂さんに気づかれないようにギュッと膝の上の拳を握り締めた。

「美味しい……！」

コース料理が運ばれてくるたびに、私は目を輝かせて胸を躍らせた。

前菜の前に出てきたアミューズの生ハムは今まで食べたことがないくらい美味しかったし、黒毛和牛のフィレ肉のグリエは、口の中でとろけてしまうほどに柔らかかった。

翌日も仕事であることを考慮して新堂さんが事前に頼んでくれていたのか、飲みものは赤ワインをオマージュした自家製のノンアルコールドリンクが用意されていた。

果実の甘酸っぱい香りを楽しんだあと、グラスを傾けて口に含むと、新堂さんが私をジッと見つめた。

「どう？　口に合う？」

「はい……！　ノンアルコールなんて信じられません。本物みたいに香りが豊かでとっても美味しいです」

「それなら良かった。勝手にノンアルで頼んでごめん。でも、今日は途中で寝落ちはなさそうだね」

その言葉に以前の失態を思い出し、恥ずかしさに顔が赤くなる。

「この間は本当にすみません」

「いや、謝らせたいわけじゃないんだ。ただあの日一緒にいたのが俺で良かった」

「私も新堂さんで良かったって思ってます」

もし違う男性だったらホテルに連れ込まれ、無理やり関係を結ばれていたかもしれない。それどころか犯罪に巻き込まれる可能性もあった。

あの日は確かに気分が落ちていたけれど、意識を失うまでお酒を飲むなんて一生の不覚だ。二度とあんな失敗は犯すまい。

「それは、どういう意味？」

途端、新堂さんが眉をひそめた。

「新堂さん以外の男性だったら危険だったなって」

「俺は危険じゃないって思われてる？」

「はい。だって、新堂さんは――」

院長の息子で家柄もいいし、医師という立派な職業にも就いている。

そんな人が酔っぱらって眠る私なんかに、手を出すはずもない。

「それは俺を買いかぶりすぎてる。あの日、ベッドで眠る君を見て、俺がどんな気持ちになったのか知らないだろ？」

「え？」

「この間も言ったけど、俺にとって君は充分、魅力的だ」

なんて答えたらいいのか困っていると、デザートが運ばれてきた。

洋風の透明皿に綺麗に盛りつけられた、バニラアイスと色とりどりのフルーツ。

スマートな動作でフルーツを口に運ぶ新堂さんにチラチラと視線を送る。どう考えても魅力的なのは新堂さんのほうだ。

容姿や社会的地位はもちろんながら、何よりその人柄に魅了されてしまう。

初めて会った日、困っていた私にすぐに手を差し伸べてくれた新堂さん。

酔っていたとはいえ、自分から積極的に話すタイプではない私が身の上話をしてしまっていた。なぜか、この人になら聞いてもらえるという絶対的な安心感があったからだ。落ち着いていてすべてを包み込んでくれるような温かさが、新堂さんにはある。

きっとさっきの言葉に深い意味はないだろう。それをまともに受け止めてしまいそうになった自分が急に恥ずかしく思えて、私は慌てて話題を変えた。

「そういえば、新堂さんはどうして医師になろうと思ったんですか？　やっぱりお父さんの影響ですか？」

「ああ。子供の頃は父の影響もあって医師になるんだろうな、と漠然と思っていたんだ。でも、祖母が心臓の病気になって亡くなったとき、俺は自分の無力さを痛感した」

悔しそうに奥歯を噛みしめる新堂さんに、胸が締めつけられる。

「大切な人を失って初めて、俺は自分の意志で医師になろうと決めた。今はひとりでも多くの命を救いたいと思ってる。患者のためにも、その家族のためにも」

新堂さんの言葉にはなんのよどみも感じられない。新堂さんは患者だけでなく家族とも向き合おうとしてくれる医師なのだと思うと、胸の中がじんわりと温かくなった。

「新堂さんのような先生に診てもらえる患者さんは幸せですね」

「それはどうかな。俺は患者のためだと思えば厳しいことも言うし、口うるさい医者だと思われてるかもな」

新堂さんは苦笑いを浮かべながらスプーンをお皿の上に置き、こちらに視線を向けた。

「美愛はどうして病院の受付を選んだんだ?」

「以前もお話ししましたが私が小学四年生のとき、母が病気になってしまって。実家はここから二県隣の田舎町なんですが、田舎の病院ではもう手の施《ほどこ》しようがないと言われて、ホスピスを勧められたんです」

「ちなみに病名は?」

「末期の乳がんです。見つかった時点ですでにステージ4でした。でも、母は生きることを諦めていなかったんです。それで、主治医から専門医のいる広崎医療総合病院で診てもらうことを提案されて」

紹介状を持って受診すると、即入院の措置《そち》がとられた。母は辛い抗がん剤治療にも必死に耐えていた。

『お父さんと美愛を残していきたくないの。だから、辛くても苦しくても一分でも一秒でも長く一緒にいるために、お母さん頑張るから』

母は弱音ひとつ吐かず気丈に振る舞っていた。

「その日は父が仕事で忙しかったので、私ひとりで初めて電車で母のお見舞いにいったんです。でも、母が日に日に弱っていくのが子供ながらにわかってすごく不安で、なかなか病院の中に入れなくて……。そのとき、受付の女性が声をかけてくれたんです。それで……」

リュックサックの肩ひもにつけていた、お気に入りのウサギのマスコット。母がフェルトで作ってくれた、私の名前入り。それを握り締めることで、どうにか泣かずにその場に立っていられた。

当時のことを思い出し、一瞬言葉に詰まる。大切な人を失った悲しみや喪失感は、時間を重ねて薄れることはあってもすべてが消え去るわけではない。

「辛いなら無理して話さなくていい」

私の心中を察した様子の新堂さんの言葉に、私は首を横に振った。

「いえ、大丈夫です。私、あの日の受付の女性に救われたんです。ひとりでお見舞いなんて偉いねって温かい言葉をかけて、病室まで付き添ってくれたんです」

受付の仕事だったと割りきってしまえば、そこで終わりの話かもしれない。

でも、女性は病室へ行くまでの間、震える私の手を優しく握っていてくれた。

私の悲しみも辛さも寂しさも、全部わかってくれているような気がした。

それから、その女性は受付業務でバタバタと忙しそうなときも、私を病院で見かけると笑顔で声をかけてくれた。そのたびに、私は子供ながらに温かい気持ちになったのだった。

「母が入院している間、主治医も看護師さんも全力で治療に当たってくれたんです。だから、母は当初の予定よりもずっと長生きできました」

「そうか……」

「母が亡くなってしばらくして、自分が何をしたいのか考えたときに頭に浮かんだのが、病院の受付の仕事でした」

あの女性のようになりたい。私は確かにそう思ったのだ。

患者の命を救う立場の医師や看護師ではなく、受付としてあの病院で働きたいと強く思った。

「病院へ喜んで来る人はいませんよね？　助けてほしくて、なんとかしてほしくて不安な気持ちを抱えて患者さんや家族は病院へ行く。そこで最初に顔を合わせる受付で、患者さんと向き合いたいと思ったんです」

「受付はいろいろな患者が来るし、大変だろう」

「そうですね。大変なときもたくさんあります。でも、母がお世話になった病院で働けて幸せです。母が見守ってくれている気もしますし」

「美愛が頑張ってるところを見て、お母さんもきっと喜んでいるよ」

凛《りん》とした声で言われて、照れくさくなる。

「それに、笑顔で退院していく患者さんや、ありがとうってお礼を言って帰っていく患者さんを見るとこちらもパワーをもらえます。私は今の仕事が大好きなんです」

そこまで言ってハッとする。さっきからずっと、私ばっかりおしゃべりしていた気がする。新堂さんといるとつい話しすぎてしまう。

「す、すみません。調子にのってべらべらと」

「いいんだ。君の話ならいくらでも聞いていられるから」

新堂さんはふっと微笑むと、高級そうな腕時計に目を落として小さく息を吐く。

「そろそろ出ようか。本当はもっとゆっくりしていたいところだけど」

名残惜しそうな新堂さんの言葉に心臓がトクンッと鳴る。

新堂さんの言葉の意味を必死になって推し量る。新堂さんは、どうしてこうも思わせぶりなことを言うんだろうか。いや、もしかしたら単純にリップサービスなのかも？恋愛耐性のない私には、新堂さんの考えていることがまったくわからない。

「どうした、怖い顔して」

「い、いえ！　なんでもないです！」

唐突に顔を覗き込まれて思わず目を見開く私の反応を楽しむように、新堂さんは余裕の笑みを浮かべた。

レストランを出てコインパーキングまで歩く。昼間との寒暖の差は大きい。冷たいビル風に吹かれてぶるりと身体を震わせると、コートの前ボタンを閉めた。

「あ、あのっ……ごちそうさまでした。とっても美味しかったです」

頭を下げてお礼を言うと、新堂さんはヒールを履く私に合わせるようにゆっくりと歩きながら言った。

「また付き合ってくれる？」

「えっ⁉　また誘ってくれるんですか？」

逆に聞き返すと、新堂さんが微笑む。

「ダメ？」

「そんな！　ダメなんてことはありません」

「それなら良かった。逆に誘ってくれてもいいけどね」

戸惑う私をからかうように、楽しそうな表情の新堂さんに頬が熱くなる。

「そ、それは恐れ多くて無理そうです……」

そう答えたとき、少し前を歩いていた女性が突然立ち止まった。女性に意識が向く。スマホでも取りだそうとしているのか、肩にかけたバッグに手を伸ばした。次の瞬間、女性は左右に二、三歩よろめくと、膝から崩れるように倒れ込んだ。

「あっ」

思わず声が漏れた。

「た、大変……！」

私と新堂さんは弾かれたように、身体を投げだす格好で歩道に倒れた女性のほうへ駆けだしていた。

「――大丈夫ですか⁉」

同時に女性に声をかけるが、反応はない。二十代前半だろうか。倒れたのは、まだ幼さの残る若い女性だった。

新堂さんはぐったりと横たわる女性の横に素早くひざまずき、呼吸や脈拍、意識レベルなどの生命兆候であるバイタルサインの確認をした。

うつぶせに倒れた女性の額のあたりから鮮血が流れ出ていた。

新堂さんは女性の身体をゆっくりと仰向けにすると、他にケガがないか手早く確認する。

運の悪いことに、女性は歩道と車道の境界の縁石《えんせき》に頭を強打してしまったようだ。

「血が……」

どうしよう。どうしたらいいの……。

焦って狼狽《うろた》えている私とは対照的に、新堂さんは落ち着いており周りがよく見えていた。

「意識がないな。そこの黒い服の男性、救急車をお願いします」

「あっ、俺？　は、はい！」

近くで見ていた男性を指さし、新堂さんは指示を出す。

「思ったより出血量が多い。美愛、タオル持ってる？」

女性の頸《けい》動脈に手の指を当てながら、冷静に尋ねる。

「は、はい！　使っていないタオルが……あれ……？」

目の前で血を流している人を見るのは初めてだった。助けようと駆け寄ったはいいものの、今になって心臓がドクンドクンッと大きく震えだした。

けれど事務員とはいえ、私も病院勤務の身。しっかりしなくてはと自分に活を入れる。

女性の顔色がみるみるうちに青白くなっていく。

大変……！　早くしなくちゃ。早く――！

指先が震えて、クラッチバッグからタオルを取りだすことすらあやうい。

「美愛、落ち着いて」

新堂さんの声で我に返る。私は必死の思いでタオルを掴み、新堂さんに手渡した。

「大丈夫だ、俺に任せて」

新堂さんはタオルを受け取ると、女性の額に押し当てて圧迫止血する。

「それにしても、なぜ急に倒れたんだ……」

「あっ……、新堂さん。これ……！」

私は近くに落ちていた女性のバッグに目をやった。バッグには赤色の下地に白のプラスとハートを組み合わせたデザインのタグがつけられていた。

「このマークって……！」

病院へ来る患者の中にも、このタグをつけている人がいる。主に内部障害や難病など、外見からはわからなくても援助や配慮を必要としている人が自主的につけるものだ。

ついていたタグを裏返すと、そこには既往歴や緊急連絡先の記載があった。

「てんかん発作か」

新堂さんは女性を横向きにし、回復体位をとらせると、首元のスカーフを緩めて呼吸をしやすくした。

女性はスカートを穿《は》いている。私は着ていたトレンチコートを脱ぎ、女性の足元にかけた。

「大丈夫ですよ。もう少し頑張って。すぐ救急車が来ますからね」

ケガをした部分を圧迫止血しながら、新堂さんは女性に声をかけ続ける。

私はその場に膝をつき、震える手で彼女の背中を摩《さす》ることしかできない。

消防署が近かったこともあり、救急車はほどなくして到着した。

「こっちです！」

新堂さんが声を上げ救急隊員を呼ぶ。

「傷病者は、こちらの女性で間違いありませんか？」

すぐに、ストレッチャーを引いた救急隊員が駆け寄ってきた。

「はい。てんかんの脱力発作による転倒と思われます。左額部に裂傷、左腕に擦過《さっか》傷《しょう》あり。頸動脈の脈拍が速く少し弱い。呼吸も若干乱れていて出血性のショックが疑われます」

「失礼ですが、あなたは？」

「広崎医療総合病院の医師で、新堂です。たまたまこの場に居合わせました」

「情報ありがとうございます」

新堂さんは目撃者として救急隊員と話をしている。

私は邪魔にならないよう、少し離れた場所から様子を見守ることにした。


「美愛！」

しばらくして私を呼ぶ声がした。

心配そうな表情をした新堂さんが、こちらに駆け寄ってきた。

「すまない。救急隊との話に時間がかかった。大丈夫か？」

「私は大丈夫です。それより女性のケガは？」

「四、五針は縫うことになるかもしれない。でも、さっき意識が戻って会話もできた。命に別状はない」

「良かった……」

安堵から全身の力が抜けていく。その場に座り込んでしまいそうになり、グッと両足に力を込める。

「これありがとう。寒かっただろ？」

トレンチコートを私の背中にふわっとかけてくれた新堂さん。言われるまで、自分が薄着だということをすっかり忘れていた。

袖を通そうとしたとき、ドレスの汚れに気がついた。

「あっ……。どうしよう」

あのとき、無我夢中で女性に駆け寄っていったせいで、買ってもらった高級なドレスのことが頭の中から消えてしまっていた。

申し訳なさに、自然と目が潤む。

「せっかくいただいたドレスを、汚してしまってすみません……」

「いいんだ。またプレゼントするから」

救急車がサイレンを鳴らし、赤色灯を回しながら走りだす。

途端、急に辺りが静かになった。吹きつける風の冷たさに、ようやく落ち着きを取り戻し、なぜか不安に襲われた。

「大丈夫か？」

新堂さんは震える私の手をギュッと握った。温かい新堂さんの手のひらの熱が、私の不安を和らげてくれる。

「あのとき、私……パニックになってしまって、何もできなくて……」

新堂さんの冷静かつ適切な処置のおかげで、女性は大事に至らずに済んだ。

もしも居合わせたのが私ひとりだけだったらと考えると、急に怖くなる。新堂さんがいてくれて本当に心強かった。

「そんなことない。あのマークにいち早く気づいたのは君だ。そのおかげで、すぐに女性の持病がわかった。女性を気遣ってコートもかけてくれて助かったよ」

「新堂さんが一緒にいてくれて、本当に良かった……」

張り詰めていた緊張の糸が切れて本音がこぼれる。

「美愛が望むなら、俺はいつでも君の隣にいるよ」

「え？」

「ああいう場面に慣れていないのに、見ず知らずの人のためにとっさに動ける人はなかなかいない。よく頑張ったな」

目が合うと、新堂さんは繋がれている手のひらにギュッと力を込めた。そして、反対側の手で私の頭を抱いて引き寄せた。

トンッと私の頭が新堂さんの胸にぶつかる。

「し、新堂さん……？」

「参ったな。俺は人一倍、理性的な人間のはずなのに」

新堂さんは私の首筋に顔を埋め、耳元でそう囁《ささや》く。吐息が耳にかかり、くすぐったい。

冷えきった身体を温めるように、私を抱き締める新堂さん。

「美愛」

大切な人のように呼ばれて、胸がきゅうっと締めつけられる。

そんなふうに名前を呼ばれたら、勘違いしてしまいそうになる。新堂さんにとって、自分が特別な人間になれるかもしれないと。

「君のことになると、どうも調子が狂う」

「え……？」

「今すぐ美愛を、自分のものにしたくなる」

独占欲を隠すことのない新堂さんは、私の身体を包み込むようにギュッと抱き締めたあと、真っ直ぐ私の目を見つめた。

至近距離で目が合う。吸い込まれそうなほど澄んだ瞳から目を逸らせない。

「こんな気持ち初めてだ。もっと君のことが知りたい」

新堂さんの言葉に、私は息をするのを忘れるくらい胸を高鳴らせた。

第三章　縮まる距離

あの夜を機に、私には確かな変化が生まれた。

受付十分前に準備を終えてホッと息をついたとき、須藤さんが私の顔を覗き込んだ。

「あれっ、一ノ瀬さんメイク変えました？」

「うん。ちょっとだけ。変かな……？」

今までは化粧下地とファンデーションを叩く程度のメイクしかしていなかったけれど、今日はフルメイクで出勤した。

「全然！　よく似合ってます。一ノ瀬さんって目がパッチリしてるから、メイク映えしますね。可愛いです」

「そんな！　でも須藤さんに褒められると嬉しい。ありがとう」

昨日、夜遅くまで動画を観てメイクの勉強をして良かった。

褒められて思わずはにかむと、須藤さんがニヤリと笑う。

「何かいいことありました？」

「え？」

「もしかして、彼氏ができたとか？」

「まさか！　ないない」

私はブンブンッと顔の前で手を振った。

「じゃあ、好きな人ですか？」

「好きな人……」

頭の中に真っ先に思い浮かんだのは新堂さんの顔だった。

「ないないない！」

「そこまで必死に否定されると、逆に怪しいですよ」

須藤さんはくすっと笑うと、事務処理の済んでいないファイルを胸に抱きかかえて奥の医事課へ消えていく。

あの日から数日経った。私は寝ても覚めても新堂さんのことを考えてしまっている。

一緒に買い物をして食事をして、そして……。

あんなふうに男性に抱き締められたのは初めてだった。私の身体を包み込むような新堂さんの腕の感触が、今も忘れられない。

「あっつ……」

「何してんの？」

火照ってしまった顔を両手でパタパタと扇いでいると、始業時間ギリギリに滑り込むように高山さんがやってきた。

「ちょっと暑くて」

「やだ。もしかして風邪？　うつさないでよね」

露骨に顔を歪めると高山さんは私から距離を取った。


この日も受付は大勢の患者で混雑していた。午前十一時を過ぎたとき、五十代と思われる男性患者が受付までやってきた。

春先にもかかわらず黒いTシャツにハーフパンツ、足元はサンダルという軽装だ。ところどころ白髪が交じった髪の毛には寝癖がつき、手入れのされていないヒゲは伸び放題になっていた。

胸騒ぎを覚える。杞憂《きゆう》に終わることを願いながら、笑顔で挨拶をする。

「こんにちは。診察券をお預かりしてもよろしいでしょうか？」

「今日初診。すげぇ腹が痛いから、優先して看てよ」

男はふてぶてしく言うと、財布から取りだした保険証を受付に放った。

受付や会計時に、嫌がらせのようにわざとお金や診察券を放り投げる患者は一定数いる。

そのたびに腹を立てていては仕事にならない。

私は心を無にして、受付の下に落ちてしまった保険証を確認しながら拾い上げて微笑んだ。

「保険証、お預かりします。林田《はやしだ》様は初診とのことですので、こちらにご記入いただけますか？」

問診票を手渡すと、男はひったくるように受け取った。

混みあう待合室の長椅子にドカッと腰を下ろし、持っていた荷物やスマホを椅子に置き占領してしまった。

しばらくすると、記入を終えて男が戻ってきた。

「ご記入ありがとうございました。本日はどちらの科をご希望でしょうか？」

「さっきから腹が痛いって言ってるだろ」

ぼりぼりと目の前で男が頭を掻《か》く。肩にあっという間にフケが積もる。

「承知いたしました。ドクターに指示を仰いで受診科をお伝えいたします。そちらの椅子にかけて少々お待ちください」

受付からすぐの、ひとり掛けの椅子へ座るように促す。

腹痛となると、一般的には内科か消化器内科を受診することになる。けれど、診療科のドクターへ症状を伝えて確認しなくてはならない。

手元の電話に手を伸ばそうとしたとき、バンッと男が受付を叩いた。

突然のことに、ビクッと肩を震わせて男を見る。

「あのさ、俺は腹が痛いんだよ！　今すぐ医者のとこに連れていけ！」

男は眉間に皺を寄せながら、怒鳴りつける。

「大変申し訳ございません。大至急、受診科の指示を仰ぎますので……」

「お前じゃ話にならない！　俺のサチュレーションは正常じゃないんだぞ！」

「サチュレーション……ですか？」

突然の男の言葉に、正直面食らっていた。

サチュレーションとは、体内のヘモグロビンと結合した酸素量の割合のことで、酸素飽和度を意味する医療用語だ。パルスオキシメーターとよばれる人差し指につける小さな機械で、酸素濃度と心拍数を測ることができる。

でも、どうして急にサチュレーションの話をもちだしてきたのだろう。

私は事務員だから詳しいことはわからないけれど、腹痛とは関係がないような……。

「そんなのも知らないのか⁉　ったく、これだから無能は……」

知っていると言えばそれが何かを説明するように求められるだろうし、知らないと言えば再び罵詈雑言《ばりぞうごん》を浴びせられるに違いない。

男の怒鳴り声に、順番を待っている患者たちの顔が強張る。近くで会計を待っていた幼い子供が、不安そうな顔で母親に抱き締められていた。

「さっきも言っただろ！　早く医者のところへ連れていけ！　俺に何かあったら全部お前の責任だからな」

男は再び受付のカウンターを手で叩き、こちらを威嚇《いかく》するように鋭い視線を向けた。

そろそろ限界かも……。ここで解決できそうな問題ではない。

混雑時や待ち時間が長くなりそうなときに、脅迫《きょうはく》まがいのことを言うクレーマーはときどきいる。この男も例外ではなさそうだと判断し、私は隣の高山さんにチラリと目を向けた。

すると、他人事のように高山さんは大きなあくびをした。

「え……」

若干非難するような視線を向けると、さすがに決まりが悪かったのか高山さんは私から慌てて目を逸らした。

病院のマニュアルで、クレーム対応は複数人で行うことになっている。そうすることで患者を落ち着かせたり、スタッフの負担を減らしたりできるからだ。

それなのに、なんで……？

「大変申し訳ございません」

謝りながら、男から見えない位置で手元のメモにペンを走らせる。

【別室へ】

このままでは受付業務が滞《とどこお》ってしまう。いったん、クレーマーを高山さんに別室に案内してもらい、その間に奥にいるスタッフに声かけをしよう。そして一緒に男の対応に当たろう。

視線は男に向けたままメモを高山さんのほうへスッと差しだすと、そのメモを強い力で押し返された。

ど、どうして……？

「こんにちは～、こちらへどうぞ～」

新しく入ってきた若い患者に、笑顔を振りまく高山さん。

そういうこと……。協力する気は、まったくないっていうことか。

「おい！　さっきからなんで黙ってるんだ⁉　早くしろ！」

男の声に待合室がピリピリと張り詰めた空気に包まれる。母親に抱き締められている子供は顔を歪ませ、今にも泣きだしそうだ。

「林田様、大変申し訳ありません。別室でお話をお聞かせ願えますでしょうか。……高山さん、あとお願いします」

一旦、高山さんに受付業務を任せて受付カウンターを出る。

男の顔は怒りで赤らみ、目を吊《つ》り上げて私を睨んだ。

「ったく。使えない奴だな」

「こちらです」

別室へ案内しようと数メートル歩くと、男が突然立ち止まった。

「おい！　俺は腹が痛いんだよ。これ以上歩けねぇぞ」

「申し訳ありません。それでは、こちらの椅子に座ってお待ちください。車椅子をご用意します」

「最初からそうすれば良かったんじゃねぇの？　お前、マジで無能だな！」

男が凄《すご》むように顔を近づけた。男のドブのような口臭にたじろぎそうになる。

「すみません。すぐにお持ちします」

「すぐにって何分何秒？　一秒でも遅れたら俺、黙ってねぇからな」

腹痛で急を要するのに、そんなにもペラペラおしゃべりできるなんて信じられない。

この男は相当タチの悪いクレーマーとしか思えない。早く別室に男を連れていき、他のスタッフに応援に来てもらおう。

するると男は、私を頭のてっぺんから爪先まで舐めるように見つめた。

「車椅子はもういい。お前、肩を貸せ」

「えっ……今すぐ車椅子をお持ちしますので……」

「いいから」

男が私に手を伸ばしてくる。

ここで拒否すれば、男の怒りに油を注いでしまうに違いない。どうするのが一番いいか頭の中で考えを巡らせていると、誰かが私と男の間に割って入った。

そして、伸びてくる男の手首をガシッと掴んで制した。

「――どうされました？」

目の前には、ダークグレーのスーツに身を包んだ男性が立っている。その男性の横顔に目を見開く。

「新堂さん……」

思わず名前を呼ぶと、新堂さんが私に視線を向けた。

「大丈夫か？」

張り詰めていた糸がプツリと切れ、思わず目が潤む。

何度経験してもクレーマー対応に慣れることはない。特に男性のクレーマーは患者とはいえ威圧感があり、恐怖を覚えることが多い。

私が涙目になりながら小さく頷くと、新堂さんの表情が一瞬歪んだ。

けれど、厳しい表情を浮かべながらも冷静さを欠くことなく男に目を向けた。

「何か問題でもありましたか？」

新堂さんの登場に男がわずかに怯《ひる》んだ。

「この受付女に腹が痛いから早く医者のところに連れていけと言ったのに、受診科を調べるとかなんだとか言って、グズグズしてるから怒ってんだよ」

「受診科を医師に確認してから案内しようとした彼女に、落ち度はありませんが」

毅然《きぜん》とした態度で応対する新堂さんに、男が気圧《けお》される。

「こ、こいつの仕事が遅かったんだ！　俺は腹が痛くて死にそうなんだぞ⁉」

男の言葉に唖然《あぜん》とする。医師に電話をかけようとする私を制止したのは、男のはずだ。責任転嫁も甚《はなは》だしい。

「さっきから、受付女だとかこいつとか、失礼にもほどがある」

「なんだと……⁉」

「大声で喚《わめ》き散らして、他の患者にも迷惑だ」

冷めた表情で淡々と言う新堂さんに男が怒りだした。

「お前、この病院の関係者か⁉　若造のくせに偉そうな物言いしやがって！」

「それが？」

普段の新堂さんはスクラブに白衣という装いでひと目で医師だとわかるけれど、今日は珍しくスーツ姿だ。

身体にフィットした細身のお洒落なスーツを着た新堂さんが医師だなんて、男は微《み》塵《じん》も思っていないのだろう。

「家で測ったら、サチュレーションが正常じゃなかったんだ！」

男の言葉に新堂さんの眉がピクリと反応する。

「値《あたい》は？」

「酸素が九十六、脈拍が七十だ」

「もし仮にその数値が出たのだとしたら、サチュレーションは正常範囲内です。だいたい、サチュレーションの値と腹痛を結びつけたその根拠は？」

「なっ……。適当なこと言うな！　サチュレーションが何かも知らないだろう⁉」

男が顔を真っ赤にして、唾を飛ばしながら怒鳴りつける。

「一般的に、腹痛は消化器疾患による場合が多いです。どこがどう痛むんでしょうか。それに、まずは発熱や嘔気《おうき》、嘔吐、下痢、吐血、黄疸《おうだん》等の症状があるかを、きちんと確認する必要があります」

たたみかけるように言葉を発する新堂さんに、男は唇をワナワナと震わせることしかできない。

「問診の他に尿検査、血液検査、レントゲンである程度絞り込めるので、まずは受診してください」

新堂さんは淡々と説明する。

「突然話に割り込んできてなんなんだ！　お前としゃべっている時間は無駄だ！　緊急を要するんだ！　早く医者のところへ連れていけ！」

男の怒りが新堂さんに向いてしまった。今にも飛びかかって殴りつけてしまうかもしれないと心配になる。

どうしよう……。私がうまくクレーム処理をしなかったせいで、新堂さんにまで迷惑をかけてしまっている。

「確かに緊急性のある患者の治療を優先することはあります。でも、あなたは顔色も良く呼吸の乱れもない。人を大声で怒鳴りつける元気もあるようだし、受付で大人しく順番待ちをしてください」

男を見下ろしながら、冷めた口調で切り捨てる新堂さん。

「なっ！」

「正直、受付のスタッフである彼女を無能呼ばわりされて、俺は相当頭にきてるんでね。もし不服なようでしたら、今すぐ他の病院へどうぞ。こちらはおおいに構いませんので」

男が悔しそうに奥歯を噛みしめて押し黙っていると、新堂さんの背後からスラリと背の高い、スーツを着た男性がこちらに向かって歩み寄ってきた。

「おい、新堂。学会遅れるぞ？」

「ああ」

男は「学会……？」と訝《いぶか》し気な表情で新堂さんを見上げた。

スーツ姿の男性は新堂さんの隣にやってくると、不思議そうに尋ねた。

「あっ、もしかしてお前の患者さん？」

「違う。酷い腹痛があって、今すぐ医者に診てもらいたいらしい」

「へぇ……酷い腹痛が？　じゃあ、あなたは相当ラッキーだ。専門は外科ではあるけれど、こんなエリート医師に話を聞いてもらえるなんて」

「結城《ゆうき》、やめろ」

「……お前、医者だったのか……」

新堂さんが医師であることを知ると、男の顔色が変わる。動揺しているのか、明らかに目を泳がせて「トイレへ行ってくる」と言い残して、そそくさと背中を丸めてその場をあとにした。

「今のってクレーマーだったりする？」

「だな」

新堂さんが頷くと、男性は私に視線を向けた。

「ええっと……君は受付の子だよね？　俺、新堂と同期で外科医の結城です。なんか大変だったみたいだね」

結城さんは整った顔立ちに、ふわりと柔らかい笑みを浮かべてそう言った。彼はとっつきやすい雰囲気で人当たりもいいため、院内の女性人気が高い。こうやって言葉を交わしたのは今日が初めてだけど、この病院で結城さんを知らない人はいないだろう。

「初めまして、一ノ瀬です。新堂さんが助けてくれて本当に助かりました。ありがとうございました」

私は新堂さんに頭を下げてお礼を言った。

「俺のことは気にするな。でも、ひとりで男のクレーム対応は危険だし気をつけたほうがいい」

「そうですよね……。これからはもっと気をつけます」

確かに新堂さんの言うとおりだ。あのとき、新堂さんが男を制止してくれていなければ、男の行動がエスカレートした可能性は充分にある。

「あの男、患者だという立場を悪用して君に触れようとしていたな。……許せない」

新堂さんの言葉には確かな怒りが感じられた。

切れ長の目を細めて眉間に皺を寄せたかと思うと、ハッとしてこちらを見た。

「俺が来るまでに、あいつに触られなかったか？　変なことされなかったか？」

そう言って私のほうへ手を伸ばそうとした瞬間、我に返った新堂さんはすぐに伸ばした手を引っ込めた。

「ははっ、新堂どうした？　そんなに慌ててお前らしくないぞ」

結城さんが、栗色の瞳を細めてイタズラっぽく笑う。

新堂さんはきまりが悪そうな表情で、結城さんから顔を背ける。

「別に慌ててない」

「嘘つけ。お前、一ノ瀬さんが男に絡まれてるのに気づいて、血相変えて駆け寄ったくせに」

「え……？」

思わず新堂さんに視線を向ける。

「結城、余計なこと言うな」

新堂さんは結城さんを制止するように睨みつける。

「口論で済まなくなりそうだったら加勢してやろうと思って傍観してたんだけど、結局俺の出番はなかったね。いつもクールなくせに、意外と熱いところあったんだな。あっ、もしかして一ノ瀬さんが関係してたから？」

新堂さんの反応を楽しむように、結城さんがにっこり笑う。

「うるさい。黙ってろ」

「はいはい、すみませんね」

肩をすくめておどけてみせる結城さんを、呆れたように横目で見つめる新堂さん。

「結城、先に行け。すぐ追いかける」

「わかった。一ノ瀬さん、またね」

目が合うと、結城さんは白く整った歯を見せて、人懐っこいクシャッとした笑みを浮かべた。ひらひらと手を振る結城さんに私が頭を下げると、新堂さんがこちらに目を向けた。

「じゃあ、また。何かあったら、ひとりで抱え込まず誰かに頼るんだよ？」

新堂さんの口調は、結城さんの前とは違い優しい。

「ありがとうございます。学会、頑張ってくださいね。いってらっしゃい」

笑顔で見送ろうとすると、新堂さんがそっと私の頭をポンポンッと叩いた。

「いってきます」

新堂さんは優しく微笑むと、玄関のほうへと向かう。

また助けてもらっちゃったな。新堂さんのことを考えると胸が締めつけられる。

ダメダメ。今は業務中だ。

気持ちを切り替えて受付のほうへ歩きだしたとき、前方から不機嫌そうな表情の高山さんがやってきた。気だるそうにゆっくりとした足取りでこちらに歩み寄ってくる。

「あのクレーマー男は？」

「今トイレです」

周りを見渡したあと、彼女は尋ねた。

「へぇ。これから別室へ連れていくの？」

「多分、このまま受付に来てくれると思います」

もしくは、黙って帰宅するかのどちらかだろう。新堂さんに窘《たしな》められて、改心してくれていたらいいのだけれど。

「……もしかして、新堂先生に助けてもらったの？」

「え……？」

「さっき結城先生も交えて楽しそうにしゃべってたでしょ。あたし、見たの」

高山さんの言葉にはトゲがある。

「私が怒鳴られてたから……。それで……」

「ふうん。やっぱりね。一ノ瀬さんって大人しそうに見えて、意外と肉食系なんだ？」

「それ、どういう意味ですか？」

聞き捨てならないセリフに、間髪いれず尋ねる。

「その言葉どおりだけど」

高山さんはふてぶてしく言った。

「大人しい人ほど意外と裏の顔があるものだしね。男の前だと、ぶりっ子してんでしょ？」

「なっ……」

なぜか攻撃的な言動の高山さんに困惑すると同時に、苛立ちが込み上げてくる。
「あの、私もひとついいですか？　さっきどうしてメモを押し返したんですか？　あ
あいう場合、複数人で対応することになってるじゃないですか」
「でも、結果的にアンタは新堂先生に助けてもらって、事は収まったわけでしょ？
結果オーライじゃない」
「でも、そういう問題じゃ……」
「あぁ、ダルッ。須藤さんに急かされてしょうがなく来たけど、無駄足だったわ」
吐き捨てるように言うと、高山さんは怒りに任せて肩を揺らしながら歩いていった。
何を言ってもまともに取り合おうとしない高山さんには、呆れを通り越して失望す
る。
それにしても、さすが須藤さんだ。奥の医事課にいながらも、クレーマーの存在に
気づいて高山さんに指示を出してくれたようだ。
あとでお礼を言わなくちゃ。時刻はもうすぐお昼の十二時を迎えようとしている。
あと少し頑張ろう。
私は大きく息を吸い込むと、医事課に向かって歩きだした。

四月後半。

あと一週間もすれば大型連休だ。久しぶりの長期のお休みに胸を躍らせる。

何をしようかな。

部屋の整理整頓をするのもいいし、久しく会えていない遠方の友達とランチにいくのもいい。そういえば、中学で仲の良かった友達に第二子が生まれたと連絡があった。出産祝いを買いに、デパートに足を延ばすのもいいかもしれない。友人の好きな子供服ブランドのスタイをプレゼントしたら、きっと喜んでくれるだろう。

仕事が終わり更衣室へ向かいながらそんなことを考えていると、「美愛」と背後から名前を呼ばれた。

その声に反応して即座に足を止める。

この病院で私を下の名前で呼ぶのはひとりだけだ。

胸の中で大きく跳ねまわっている心臓を押さえつけながら、スローモーションのようにゆっくりと振り返る。

「お疲れ」

目が合うと、新堂さんはパタパタと靴音を鳴らして、手術室のある方向からこちらに小走りで駆け寄ってきた。

「お疲れさまです」

半袖のネイビーのスクラブを身にまとった新堂さん。白衣を着ていないせいか、いつもと少しだけ雰囲気が違う。手首から肘にかけての引き締まった前腕にドキッとする。

「まさかこんなところで会えるなんてな。同じ病院で働いていても、なかなか会えないから。緊急オペで疲れてたけど、美愛の顔を見たらそれが吹っ飛んだよ」

横並びで歩きながら、新堂さんは柔らかい表情を浮かべる。

私はハッとして、辺りに視線を走らせる。良かった……。誰もいない。

「なんで周りを気にしてるんだ？」

不思議そうに尋ねられて、新堂さんに視線を戻す。

「こんなところを他の職員に見られたら、きっと噂されちゃいます」

「噂って？」

「新堂さんは女性職員に人気があるので、私なんかと一緒にいたら誤解されてしまいます」

「誤解？　美愛は噂されたら嫌なのか？」

なぜか、新堂さんが複雑そうな表情で尋ねてきた。私は慌てて首を横に振る。

「いえ、私ではなく新堂さんが……」

「ああ、それなら問題ない。俺はまったく嫌じゃないから」

新堂さんは、ホッとしたように言ってのける。

こういうときは、どういう反応をしたらいいの……？

嬉しいのにどう返したらいいのかわからず、曖昧《あいまい》に微笑むことしかできない。

「そうだ。来月五日、空いてる？」

「空いてますけど……？」

私が答えた途端、新堂さんはぱあっと目を輝かせて、表情をほころばせた。

「じゃあ、その日どこかへ行こう。美愛が行きたい場所があれば教えて。もちろん、俺に任せてもらっても構わない」

「わ、私と新堂さんがですか!?」

「それ以外、誰がいるんだ」

慌てる私を見て、新堂さんがクスクス笑う。

やだっ、私ってば。顔から火が出そうなほど恥ずかしくて、火照る頬を両手で覆う。

「前にも言ったけど、もっと美愛のことが知りたい。それに、俺のことも知ってほしい」

「新堂さん……」

更衣室と医局への分かれ道に差しかかり、立ち止まる。

「俺は美愛に無理させてないか？　嫌なら言って」

そんなの……嫌なわけない。むしろ……。

新堂さんは真剣な表情で、私の言葉を待っている。

黒く澄んだ新堂さんの目を見つめながら、私は言葉を紡いだ。

「嫌じゃありません。誘ってもらえて……嬉しいです」

「……良かった」

私の言葉に新堂さんの表情が緩む。

「でも、新堂さんは連休の間だとしても忙しいんじゃないですか？　当直もありますよね？」

「それなら問題ない。体力は人一倍あるから」

「あんまり無理しないでくださいね」

「ありがとう。美愛とのデートを楽しみに頑張るよ」

「私も……そうします」

目が合うと、新堂さんは私の頭を優しく撫でた。

「家まで送っていくって言えないのが残念だ。気をつけて帰るんだよ？」

「新堂さんもお仕事頑張ってくださいね」

手を振り別れて更衣室に入ると、私はロッカーに身体を預けてズルズルとその場に座り込んだ。

今もまだ心臓がバクバクと大きな音を立てて鳴っている。

「デートの約束しちゃった……！」

嬉しくて今にも叫びだしてしまいそうなのを、グッと堪える。

しかも、今度は仕事後ではなく休日デートだ。何を着ていこう。バッグは？　メイクは？　ヘアスタイルは？

頭の中はパニック寸前なのに心は弾む。どうやったって緩んでしまう口元をそのままに着替えを済ませて、裏口から病院を出る。

連休前半の予定に、新堂さんとのデート服を買いにいくことが追加された。毎年代わり映えしない長期休みの予定が一気に華やぐ。

スキップしてしまいそうなほど浮つく気持ちを必死に抑えて歩きながら、頭の中で予定を立てる。

一日目は田舎の父に会いにいこう。二日目はデパートにデート用の服と出産祝いを買いにいって、それから……。

そこまで考えて、ふと父の予定を聞いておこうと思い直し、私は父に電話をかけた。

「もしもし？　お父さん？」

『おお、美愛か。どうした。元気か？』

電話口から聞こえてきたのは、いつもと違う父のかすれた声だった。

「お父さん、その声どうしたの？」

『ちょっと風邪を引いちゃってな。でも、心配いらないよ』

「いつから？　ちゃんとご飯食べられてる？　病院は行った？」

矢継ぎ早に質問する。

『大丈夫だから。すぐに良くなるさ』

父が、私を心配させないように明るく振る舞っていることはすぐにわかった。

通話中にも、何度も苦しそうに咳き込んでいたし、父の言葉を鵜呑《うの》みにすることはできない。

腕時計に視線を落とす。父が暮らす実家までは、電車で二時間ほどで着く。今から行けば終電で帰ってくることができるはずだ。そうすれば、明日の勤務にも影響はない。

「今から行くね」

『お父さんなら大丈夫だよ。それに美愛は明日も仕事だろう？』

「平気だよ。少し待ってて」

電話を切ると、私は真っ直ぐ駅の方角へ歩きだした。


電車に揺られ、実家の最寄りの駅まで到着した。寂《さび》れた改札を抜けて久しぶりに降り立った地元の駅は、学生時代から良くも悪くもまったく変わっていない。

駅前のスーパーに立ち寄って食材を買い込んでから、実家まで歩く。

ずっしりと重たいエコバッグの持ち手が、肩に食い込み痛みが走る。一日仕事をしたあとだからか、両足が棒のようだ。それでも、父の顔を思い浮かべて歩を速めた。

辺りを田んぼに囲まれた実家は、築三十年の二階建ての一軒家だ。百坪ほどある敷地には大きな柿の木が植えられ、鮮やかな緑色の葉をつけている。建物の南側には、小さな家庭菜園が設けられている。幼い頃から、両親と私の三人でたくさんの野菜を育てた。でもあの頃の菜園の面影は、今はもうない。手入れされることなく放置されている。

「悪かったな、美愛」

「私が勝手にしたことなんだから、気にしないで」

実家に着くと、父は居間の畳の上に布団を敷いて横になっていた。布団のすぐそばには、幅百五十センチほどの茶色い和風座卓が置かれている。

普段は居間の奥にある広い仏間で寝起きしているはずなのに、どうしてこんなに窮屈そうなところで……。

訝しく思いながらも、腕まくりをしてキッチンに立つ。

二日前から三十八度の熱があり、今も寒気がするらしい。

冷蔵庫の中には数本の缶ビールとおつまみしか入っていない。話を聞くと、具合が悪くなってから買い物にもいっていないらしい。

やっぱり来て正解だった。食欲はあると言うので、父の好きな梅粥《がゆ》を作った。

父がそれを食べている間に、常備菜を作ることにした。筑前煮《ちくぜんに》やさつまいもの甘煮など、父が好きなものを作り冷まして保存容器に詰めた。ご飯は一食ずつ冷凍し、解凍すればすぐに食べられるようにしておいた。レトルト食品やゼリー、それにフルーツの缶詰もある。これでしばらくは食べものに困らないだろう。

キッチンをひととおり片づけてから、私は父の布団のそばに腰を下ろした。

「美味しかったよ、ごちそうさま」

梅粥をぺろりと平らげた父は赤らんだ顔で微笑むと、座卓の上に置いてあった錠剤を、ペットボトルのミネラルウォーターで流し込んだ。

「それ、なんの薬？　主治医の先生はなんて言ってたの？」

「解熱剤だ。先生はただの風邪だって言ってたよ」

「病気が悪化したわけではないんだよね？」

「違うよ、大丈夫だ」

昨年、胸に圧迫感を覚えた父は病院で心臓に疾患があると告げられた。現在は定期通院して投薬治療を続けているものの、今後大きな発作が起きてもおかしくないと説明を受けた。

「お父さん、具合が悪くなったらすぐに私に連絡してね」

いつもは整然と片づけられている部屋の中が散らかっている。布団周りは特に酷いありさまだった。枕元には飲みかけのペットボトルや体温計が転がり、使ったティッシュが散乱している。部屋の隅には脱ぎっぱなしの衣類や乱雑に置かれた新聞の束。座卓の上も、物が積み重なっている。ご飯のこびりついたお茶碗や飲みかけの湯呑《ゆのみ》も置きっぱなし。父が居間で寝ていた理由がわかった。布団周りの手の届く範囲に必要な物を置けば、ほとんど動かずに生活できる。それだけ体調が悪かったということだ。

「わかったよ」

「……そんなこと言って、絶対に言わないでしょ？」

ばつが悪いのか視線を宙に泳がせる父に、私はやれやれとため息を吐く。

「お父さんは美愛に迷惑をかけたくないんだよ。今日だってこんな遠くまで……。明日も早いんだろう？」

父は少し困ったように眉を下げた。

もうすぐ六十六歳になる父。ちょっと見ない間に目の下がくぼみ、少しだけ痩せたように感じる。

「私のことは気にしないでって、いつも言ってるでしょ？」

「でも、お父さんが美愛の幸せの邪魔をしているような気がするんだよ」

「どういうこと？」

「美愛は優しいから、いつだってお父さんのことを一番に考えて気にかけてくれるだろう？　それが美愛の足かせになっていたとしたら……」

「まさか。そんなわけないでしょ」

父が言いたいことは痛いほどにわかる。

この年になっても浮いた話のひとつもない娘が、心配で仕方がないのだろう。

「心配しなくて大丈夫だよ。お父さんの知らないところで、私は私なりにうまくやってるし」

安心させるために放ったその言葉に父は目を丸くしたあと、嬉しそうに微笑んだ。

「そうか。美愛にもようやくお相手が……」

「とりあえずもう寝て。私そろそろ帰らないと」

散らかった布団周りと座卓の上を綺麗に片づけると、バッグを肩にかけて立ち上がる。

「今日はありがとう。気をつけて帰るんだよ？」

玄関まで送ると言ってきかない父に見送られて実家をあとにした。

駅までの道を引き返して、終電ギリギリで電車に飛び乗る。ホッと息を吐いて座席に腰かける。

お父さん……大丈夫かな。

私がいる間は元気そうに振る舞っていたけれど、無理をしていたに違いない。もしも今後父の持病が悪化したら……。もしもひとりで倒れて連絡がつかなくなってしまったら……。考えだすと不安が募《つの》る。

やっぱりきりのいいタイミングで仕事を退職し、実家に帰り父と暮らすべきなのかもしれない。でも、仕事は楽しい。もちろん辛いこともあるけれど自分が選んだ仕事だし、納得がいくまで勤めたいという気持ちも強い。今後の治療費のことだってある。

それに……。目に浮かんだのは、新堂さんの姿だった。

病院を辞めてしまえば、新堂さんとの接点がなくなってしまう。そう考えただけで、わし掴みにされたように胸が痛む。

そのとき、ポケットの中のスマホが震えた。取りだして画面を確認すると、新堂さんからメッセージが届いていた。

その名前を見ただけで、思わず頬が緩んでしまう。

【今、家?】

【電車の中です】

【電車?】

【実家の父の具合が悪くて看病しにいっていました】

【大丈夫なのか? 症状は?】

【熱と寒気があるみたいで。でもただの風邪みたいです。食欲もあったので大丈夫だと思います】

【そうか。早く良くなるといいな。お大事に】

【ありがとうございます】

返信を終えるとギュッとスマホを胸に抱き締める。こんなふうに何気ないやりとりができるなんて、なんだか夢みたい。電車はガタンガタンッと一定のリズムを刻みながら走り続ける。急な眠気に瞼《まぶた》が重たくなる。一日の疲れのせいか、目をつぶるとそのまま夢の世界へ落ちていった。

すぐに治ると思っていた父の風邪は長引き、なかなか良くならなかった。

私は仕事が終わるとその足で電車に乗り、二時間かけて実家へ出向き父の看病をした。大型連休で仕事が休みになると実家に泊まり込んで、父の看病や部屋の片づけに追われた。

父は『もう大丈夫だから、家に帰りなさい』と言っていたけれど、どうしても心配で放っておけなかった。私の家族は父しかいない。そして父にもまた、家族は私しかいないのだ。母が亡くなってから、私たちはこうやって互いに支え合いながら生きてきた。

「良かった……もう大丈夫だね」

体温計の表示にホッと胸を撫で下ろして、顔色の良くなった父に微笑む。

「ありがとう。美愛の看病のおかげで、もうすっかり元気になったよ」

「でも、しばらくは安静にしててね。無理しちゃダメだよ？」

「わかってる。それより、美愛は大丈夫か？　顔が疲れているように見えるけど……」

「平気だよ」

笑顔で応えたけれど、疲れているのは確かだった。

「せっかくの連休を、お父さんの看病なんかに使わせて悪かったなぁ……」

「気にしないで。それに、久しぶりにお父さんと長い時間一緒にいられて嬉しかったし」

昼食を食べたあと、私は父に別れを告げて自宅アパートに向かった。家に着いたとき、時計の針はすでに十六時を回っていた。

明日は五月五日、新堂さんとデートの約束をした日だ。まだ服も靴もバッグも何も用意していない。早く準備しなくちゃ……。

頭ではそうわかっているのに身体は鉛のように重たく、疲れ果てていた。少し休憩とばかりにソファに腰を下ろすと、いつの間にかウトウトと舟をこいでいた。

「……ん？」

そのとき、突然ソファの上のスマホが鳴りだした。

「新堂さんだ……！」

画面に表示されている新堂さんの名前に、弾かれたようにスマホを掴み上げる。眠気が一瞬で吹き飛ぶ。

一度深呼吸して心を落ち着かせてから、画面をタップして耳に当てる。

『美愛、今電話しても平気か？』

新堂さんの低く澄んだ声が鼓膜を震わせる。

「はい。大丈夫です」

『お父さんの具合はどう？』

「もうすっかり元気です。いろいろとご心配おかけしました」

新堂さんは病院で顔を合わせるたび、父のことを心配そうに尋ねてきてくれていた。

『それなら良かった。美愛は大丈夫？　疲れてないか？』

「大丈夫です」

『良かった。明日は家の前まで迎えにいく』

「ありがとうございます。休みの日に新堂さんに会えるのが嬉しすぎて、舞い上がっちゃってます」

思わず本音がポロリとこぼれた。慌てて口を塞いだものの、新堂さんは聞き逃さなかった。

『美愛にそう言ってもらえると嬉しいよ。俺も明日がこんなに待ち遠しいのは初めてだ』

電話口の新堂さんが微笑んだ気がして、なんだか嬉しくなる。

すると突然、新堂さんの背後で『――新堂先生！　五〇一号室の福田《ふくだ》さん急変です！』という声がした。

『わかった、すぐ行く。ごめん、美愛。また明日』

新堂さんの声が仕事モードに切り替わった。慌ただしく電話は切られる。

医師には今世間で定着しているような大型連休はない。どんなときでも常に患者の命と向き合っているのだ。

「よしっ、明日の準備しよう」

立ち上がったとき、突然目の前がグルッと回転したように歪んだ。慌ててソファに手をつき転倒は免《まぬが》れた。

「やだ……立ちくらみかも……」

ソファに座りギュッと目をつぶってしばらくこめかみを指で押さえていると、症状が落ち着いてきた。今度はゆっくりとした動作で立ち上がり、クローゼットの中身を引っ張り出して、手持ちの服の中から明日のコーディネートを考える。

「……やっぱり買いにいこう」

もともと持っている数や種類も少ないし、異性とふたりっきりでデートなどしたこともない私は、デート服なんて持っていない。こんな機会でもないと買えないだろう。

それに……少しでも新堂さんに良く思われたい。自分の中にこんな乙女な一面があったのかと、少しだけくすぐったい感じがする。

でも、こんな気持ちも悪くない。

私はバッグを掴み、玄関に向かって駆けだした。胃の奥にほんの少しだけ違和感のようなものがあるけれど、きっと気のせいだ。私は自分にそんな言い訳をして家を出た。


翌朝、身体の節々の軋《きし》むような痛みで目を覚ました。どうか平熱であってほしいと願ったものの、体温は三十九度を超え、酷い眩暈がして立ち上がることもできない。

こんなタイミングで体調を崩すなんて。自分自身を恨めしく思う。

「新堂さんに連絡しなくちゃ……」

充電器からスマホを引き抜いて、新堂さんに電話をかける。

『おはよう。どうした？　何かあった？』

　電話口に出た新堂さんの優しい声に目頭が熱くなる。

　今日のデート、すごく楽しみにしていたのに……。

「おはようございます。実は……風邪を引いて熱が出てしまって……」

『熱？　大丈夫なのか？』

「はい。なので今日は……」

『そうか。お父さんの看病で疲れが溜《た》まったのかもしれないな。わかった。今日は家でゆっくり休んだほうがいい』

「せっかく誘ってもらったのに、ごめんなさい……」

　話しながらソファの上にある洋服に視線を向ける。ネイビーの小花柄のAラインワンピース。昨日、奮発して買った膝下まであるロング丈のそれに、袖を通すことは叶わない。店先にディスプレイされていたもので、ダークカラーベースで甘くなりすぎず、シックで華やかなところにひと目ぼれした。髪はそれに合わせてアップスタイルにして、お気に入りのバッグを合わせようと計画していたのに。

　誘ってくれた新堂さんにも申し訳なさすぎる。昨日の立ちくらみだって予兆だったに違いない。あのとき、デパートに買い物にいったりせずすぐに休んでいれば、こんなことにはならなかったかもしれないのに。

私は昔から間が悪い。大事なタイミングで熱を出したり体調を崩したりする。

こんな自分が心底、嫌になる。

『美愛が悪いわけじゃないよ。それにデートならまたすればいい』

新堂さんは私を慰《なぐさ》めるように、努めて明るい口調で言った。その言葉は弱っている私の心に優しく染み込み、胸を熱くさせる。

「新堂さんに……」

『うん？』

たまらず涙ぐむ。今日の新堂さんとのデートを、あんなにも待ち焦がれていたのに。

それなのに……。

「会いたかったです」

熱に浮かされているだけでなく、心が弱っているせいでつい本音がこぼれる。

「……私ってばすみません。変なこと言って」

体中が熱く、うまく思考が働かない。

『美愛、大丈夫か？』

「私なら大丈夫です……。今日は本当にごめんなさい」

電話を切り目をつぶると、新堂さんの姿が浮かんだ。

会いたかった。新堂さんに……会いたかった。

目からポロポロと大粒の涙がこぼれ落ちて枕を濡《ぬ》らす。私はそのまま引っ張られるように眠りについた。

第四章　募る想い【新堂涼介side】

当直室のベッドで横になると、長いため息を吐いて、天井のトラバーチン模様をぼんやりと眺める。いつも以上に疲れていた。夕方から行われた緊急手術が長引き、術後管理に手間取ったからだ。

明日は美愛とのデートの予定が入っている。疲れた顔で行くわけにはいかない。少しだけでも仮眠を取ろうと目をつぶると、スクラブの胸元に入れたＰＨＳが鳴りだした。

「はい、新堂です」

電話口からは悲鳴のような看護師の甲高い声がする。三〇二号室の患者が高熱を出したという連絡だった。すぐに立ち上がり、白衣を羽織って当直室を飛びだした。

「越谷《こしがや》さん、わかりますか？」

病室に入り声をかけるも、意識がもうろうとしているのか、わずかに目を開ける程度で反応が鈍い。

「先生！　さっき巡回に来たら越谷さんの様子が変で。今、四十度も熱があるんです！」

若い看護師がパニック寸前になりながら患者の情報を伝える。

「顔色が悪くてすごく苦しそうで……」

患者が突然うなり声を上げげた。苦しそうに眉間に皺を寄せて顔を歪める。

「バイタルは？」

「えっと……もう一度測ります！」

カートの上のノートパソコンで電子カルテを確認する。

既往は腹部大動脈瘤《りゅう》。腹部大動脈がコブ状に膨らむ血管の病気だ。来週手術予定になっていたが、この様子では延期になりそうだ。

「えっと……、下が六十二、上が九十です」

「彼女は高齢で元から血圧が低いから問題ない。サチュレーションは？」

「えっとえっと、サチュレーション……？」

困ったように笑いながら首を傾げて考え込む彼女に、心の中でため息を吐く。

「そこにあるパルスオキシメーターでSpO2を測って」

「ああ、はい！」

看護師に指示を出しながら患者の胸に聴診器を当て、心音や肺に雑音がないかを確認していく。そのとき、かすかに肺に断続性副雑音を感じた。

「うぅ……」

患者の口から苦し気な喘《あえ》ぎ声が漏れた。

「いくつ?」

「えー……、九十七です。脈拍は一〇一です」

酸素飽和度に問題はない。普段よりも脈拍が増加しているのは、体温が上昇しているせいだ。

「――先生! すみません、お待たせしました!」

違う患者の処置に当たっていたベテランの看護師長が病室に飛び込んできた。

「バイタル、サチュレーションともに正常。ただ、肺にかすかに雑音があった。呼吸器感染症の可能性があるから、胸部レントゲンと急ぎで血液検査。あと、主治医の神《かみ》永《なが》先生に一応連絡しておいて」

「わかりました。点滴の準備も必要ですね」

「頼む。軽度の脱水症状を起こしてる」

「ちょっと代わって」

若い看護師を押しのけるようにベッドサイドに立つと、師長はテキパキとした動きで指示した点滴をスタンドにセットしていく。

その様子を手伝うでもなく観察するでもなく、若い看護師は不服そうな表情で見つめていた。

少しすると患者の症状は落ち着き、意識も清明になりわずかながら会話もできるようになった。大型連休ということもあり、院内の検査技師が少なく時間がかかってしまったが、準備が整い次第検査に入る予定だ。

「では、あとはお願いします」

「はい。ありがとうございました」

師長に頭を下げて病室を出ると、先ほどの若い看護師が追いかけてきた。

「新堂先生、ありがとうございました！　本当に助かりましたぁ」

「もし何かあれば連絡を」

淡々と言って背中を向けると、白衣の袖を掴まれた。

嫌々振り返ると、看護師が上目遣いで俺に熱い視線を向けていた。

「まさか新堂先生が当直だったなんて。あたし、ほんとラッキー！」

ピクリと眉が反応する。

「ラッキーだって？」

「だって昼間の医局は看護師の先輩もたくさんいるし、先生と話すタイミングないんですよぉ」

「さっき苦しそうな越谷さんの様子を見ているのに、ラッキーと言える君の神経が俺には理解できない」

「でも、なかなかふたりっきりでおしゃべりできる時間ないし……」

ジッと潤んだ瞳を向けて、甘えるように唇を尖《とが》らせる看護師を冷ややかに見下ろす。

「そんな暇があるなら、医療用語を勉強し直せ。正直、俺は君に当たってアンラッキーだったよ」

「なっ……！」

「緊急のときは、一分一秒の遅れが患者の命の明暗を分ける。越谷さんの容体は安定したが、君のせいで患者が犠牲になっていた可能性もある。医療従事者ならそれを自覚しろ」

今までたくさんの男をこうやって落としてきたのだろう。看護師は言葉を失い、顔を赤らめてワナワナと唇を震わせている。

掴まれている袖から手を振り払うと、そのまま彼女を置き去りにして歩き続けた。

「よっ、新堂。お疲れ」

当直室に戻ると、中には結城の姿があった。ベージュのトップスにネイビーのテーパードパンツ、それに磨かれた革靴を合わせた一見シンプルな服装も、スタイルのいい結城が着るとサマになる。

「なんでいるんだ？　今日、当直じゃなかっただろ？」

「ああ。ただ、新堂が緊急手術をするって話を小耳に挟んだんだよ。で、名医が担当するカテーテル治療の勉強をしにわざわざ来たってわけ」

「なんだ、見てたのか」

「さすが新堂だな。華麗な手さばきだった。俺、カテーテル苦手でさ。今度、練習付き合ってよ」

「時間があったらな」

白衣を脱ぎソファに腰かけると、疲れが一気に押し寄せてきた。

テーブルの上のぬるくなったミネラルウォーターを口に含む。

「そういえばお前、ここ最近ずっと働きづめだろ？　身体は大丈夫なのか？」

結城がデスクに寄りかかりながら尋ねた。

「なんとかな。それに、明日は休みだ」

「って言っても、明日の朝方まで仕事だろ？　久しぶりの休みなんだしゆっくりしろよ？」

「いや、休んでなんていられない」

明日は美愛とデートの予定だ。

この間、昼休憩のときにたまたま美愛に院内で会い、どこへ行きたいか尋ねたが美愛は困ったように『えっと……』と考え込んでしまった。美愛は人に気を遣い、自己主張をすることが少ない。これ以上聞けば負担になってしまうと考え、自分から提案することにした。

『じゃあ、ドライブでどこか景色のいいところに行こう。そのあと、近くで食べ歩きでもするか？』

『はい！』

嬉しそうに微笑む美愛の姿が、今も目の奥から離れてくれない。

明日がくるのがこんなにも待ち遠しいなんて、初めてかもしれない。

自分でも信じられないが、今の俺は相当浮かれている。

「ふぅん。一ノ瀬さんとデートでもすんの？」

ニヤリと笑いながら、意味ありげな視線を向ける結城。

「……なんでだよ」

ズバリ言い当てられて、思わず顔をしかめる。

「新堂ってポーカーフェイスだけど、意外とわかりやすいよね」

結城は、楽しそうにクックと喉を鳴らして笑う。

結城とは高校時代からの腐れ縁で今も同じ科で働いている。この病院で学生時代からの俺を知っている、数少ない人間のひとりだ。

「でも、不思議なんだよなぁ。新堂って昔からモテるけど、前の彼女ともすぐに別れてただろ？　付き合ってる子がいても、その子にあんまり興味なさそうだったし。それなのに今は……」

「今はなんだよ」

聞き返しながら、再びテーブルの上のペットボトルの水を口に含む。

「一ノ瀬さんしか見えないって顔をしてる。図星だろ？」

結城の言葉にミネラルウォーターを噴き出しそうになる。グッと堪えて、俺は平静を装った。

「そんなこと、お前に答える義務はない」

「素直じゃないなぁ」

ニタニタと気持ちの悪い顔をしてこちらを見つめる結城から目を逸らして、無視を決め込む。

結城の言うとおり、俺は昔から女性に言い寄られることが多かった。

医学生になると、父のことを知っている人間までもが、俺にすり寄ってきた。

『将来は外科医になって、お父さんの後を継いで院長になるんだよ。見た目もパーフェクトでお金も持ってるなんて、あんな優良物件なかなかいないよ？』

そう噂されるたびに虚しさを覚えた。女性たちが見ているのは俺ではなく、院長の息子で外科医の新堂涼介なのだと。

告白してきた女性の中から何人かと付き合ったこともあるが、すぐに別れることになった。

理由は簡単だ。俺が彼女たちのことを、好きではなかったからだ。そして、彼女たちもまた俺の内面など知ろうともしなかった。デートとなれば高級なレストランへ行きたがり、信じられない金額のアクセサリーやバッグをねだってきた。仕方なく応じたこともあったが、自分から何かをしてあげようと思ったことは一度もない。

医師免許を取得し研修医になってからは、誰とも付き合っていない。研修医時代は大学病院で内科、外科、産婦人科、小児科といったさまざまな科で研修をして、日々勉強に明け暮れた。そのあと、数年外科で経験を積み、珍しい症例の手術を学ぶために渡米した。そして、あの日。帰国して立ち寄ったあのバーで、美愛と出会ったのだ。

＊＊＊

あの日、足取りのおぼつかない女が、カウンター席の女にぶつかった。こぼれたカクテルはカウンター席の女の服にかかり、茶色いシミを作る。バーの扉を開けた瞬間、目に飛び込んできたこの光景。長い空の旅を終えて、ひとりゆっくり酒を嗜もうと思っていたのに……。一触即発の事態になることを想像し、心の中でため息を吐いた。

けれど、俺の予想は外れた。カウンター席の女……美愛はすぐに酔っぱらった女に声をかけ、心配するかのようにそっと手を差し伸べたのだ。

『大丈夫ですか⁉』

理不尽にも酔っぱらい女は舌打ちをして、美愛を睨みつけた。

途端、美愛の表情が曇った。言い返すでもなく、今にも泣きだしそうな顔で唇を噛みしめて耐える彼女を見た瞬間、庇護欲《ひごよく》が掻き立てられ放っておけなくなった。反射的に彼女に歩み寄り、ハンカチを差しだして声をかけていた。

自分でも信じられない行動だ。普段ならば自ら女性に声をかけることなどないし、ましてや今にも泣きだしそうな女の相手をするなんて、最も避けてきたはずなのに。

自分がどうしてそんな行動にでてしまったのかわからず、その答えを知りたくて彼女の隣に座った。

美愛は緊張した様子で、俺のほうを見ようとしなかった。けれど、どうしてもこちらを向かせたくて『ここにはよく来るの？』と声をかけた。

らしくない行動に心の中で苦笑する。

彼女の話は俺にとってどれも興味深いものだった。

そのとき、気づいた。とっさに歩み寄ってしまったのは、彼女に興味を惹《ひ》かれたからだと。

不思議なことに、初対面とは思えないほど彼女には心を許し、リラックスしながら会話ができた。きっと、彼女の優しく温かい人柄がそうさせたのだろう。

けれど一方で、彼女がいつも人のことばかりを考えて自分をおざなりにしているように感じ、心配になってしまった。

このまま終わらせたくない。健気《けなげ》な彼女に何かしてあげたい。

なんとしてでも関係を繋ぎ止めたいと思っていた矢先、彼女が広崎医療総合病院で事務員として働いていることを知った。

俺は信じられないぐらいに舞い上がっていた。この出会いは運命なのかもしれないと、恥ずかしげもなくそんなことを考えてしまっていた。

決定打は、あのセリフだ。

『初対面なのに、どうして新堂さんにはなんでも話せちゃうんだろう。新堂さんが話を聞いてくれる、優しい人だからかなぁ……』

酔っているとはいえ、俺にだけ心を許していると言われているようで嬉しかった。

彼女は俺のことを何も知らない。

あの日、院長の息子の外科医としてではなく新堂涼介というひとりの人間として接してもらえたことに、俺は新鮮な喜びを覚えたのだった。

意識を美愛から、目の前の結城に戻す。

「まあ、お前が一ノ瀬さんのこと気になるのもわかる気がするよ。彼女って今までお前の周りにいた子たちとは違うしな。それに、よく見ると可愛い顔してるし」

可愛い顔……？

ハッと結城に目を向ける。

「結城、彼女だけはやめろ」

牽制《けんせい》したように言うと、結城は楽しそうに口元を緩めて首を傾げる。

「新堂には関係ないだろ？　それにまだ付き合ってるわけじゃなさそうだし」

「お前には年上の彼女がいるだろ」

「それいつの話？　結構前に別れたよ」

昔から結城は女にモテる。来るもの拒まず、去るもの追わずのスタンスだ。そうなるとトラブルが起きそうなものだが、結城のことを悪く言う女を見たことがない。とにかく女の扱いがうまく、何より優しいのだ。

自然と眉間に皺が寄る。結城は俺をジッと見つめるとふっと笑った。

「そんな怖い顔するなよ、冗談だって。でも、こないだ一ノ瀬さんのこと可愛いって言ってる奴がいたなぁ。余裕ぶってると他の男にとられるぞ？」

「そんなこと、お前に言われなくてもわかってる」

「まあ百戦錬磨の新堂なら、どんな女でも落とせるだろうよ。ま、せいぜい頑張れよ」

結城がひらひらと手を振って当直室から出ていき、ようやく静けさが訪れた。

「百戦錬磨なのはお前だろ」

やれやれとため息を吐くと、スマホを取りだしてディスプレイに映る美愛の名前を見つめる。

緊急手術の前、美愛に電話をかけ、短時間ながら話すことができた。
「美愛、今電話しても平気か？」
数回目のコールのあと、電話口でそう尋ねると『はい。大丈夫です』という心地い
い美愛の声が耳に届いた。
その声を聞いただけで、溜まっていた疲れが一瞬で吹き飛んでいくような感覚があ
った。今すぐに会いたい。直接会って言葉を交わしたい。こんな気持ちになるなんて
生まれて初めてのことだった。
今、再び画面を指でタップすれば美愛の声が聞けるだろう。けれど、もう夜も遅い。
少し前から美愛の父親が体調を崩していると聞いた。連休前は仕事が終わると、毎
日電車で実家へ看病にいっていたらしい。
電話越しの声が少し疲れているように感じた。
声は聞きたいが、今日は我慢しよう。
「明日が待てないなんて、俺はいったいどうしてしまったんだ」
美愛に思いを馳《は》せているとまた、別の患者の容体が急変したという知らせが入った。
俺は再び白衣を羽織り、慌ただしく当直室を飛びだした。

そのあとも急患の対応に追われて、ほとんど休めないまま朝を迎えた。一度家に帰りシャワーを浴びて身支度を済ませる。普段だったら家に帰ると疲れ果てて泥のように眠るのに、今日は目が冴えている。何度も時計を確認し、ため息を吐く。約束の時間まで、まだ一時間以上もある。

そのとき、テーブルの上のスマホが鳴りだした。

画面には美愛の名前が表示されている。

すぐにスマホを掴み耳に当てると、電話口からは美愛の弱々しい声がした。

『おはようございます。実は……風邪を引いて熱が出てしまって……』

申し訳なさそうに謝る美愛の言葉に、胸が痛くなる。

今頃になって疲れが出たに違いない。

看病している間は気が張っているせいで、溜まっていく疲れに気がつかないことも多い。そして、回復して気が抜けたとき、看病していたほうが体調を崩す。入院している患者とその家族にも同じことがよく起こる。

「美愛が悪いわけじゃないよ。それにデートならまたすればいい」

本当は会いたかった。でも、それを言ってしまえば美愛に気を遣わせることになる。

グッと言葉を呑み込みできるだけ明るく言うと、美愛はわずかな間のあと、口を開いた。

『新堂さんに……』

「うん？」

『会いたかったです』

泣いているのだろうか。少しかすれた美愛の声が優しく鼓膜を震わせる。

『……私ってばすみません。変なこと言って』

呼吸が荒く、苦しそうだ。

「美愛、大丈夫か？」

『私なら大丈夫です……。今日は本当にごめんなさい』

電話を切って考える。美愛は今、どんな状態なんだ……？

風邪だと言っていたけれど、実は違う病気だったらどうする。

美愛はひとり暮らしだ。もし意識を失ってしまったら……。

考えるより先に身体が動いていた。奥の部屋のウォークインクローゼットにあるバッグを引っ張り出すと、俺は玄関を飛びだした。

アパートの玄関に辿り着き、俺は人差し指でチャイムを鳴らした。

少し待つと、『はい』という声がして玄関の扉が開いた。

「えっ……、新堂……さん？」

玄関口には、目を潤ませてぼんやりとした表情を浮かべる美愛が立っていた。

俺に気がつくと、驚いたように目を見開く。

マスクをしていても、頬が赤らんでいるのがわかる。まだ熱は高いようだ。

「突然来てすまない。どうしても心配で。メッセージ見てないか？」

家に来る前、一応美愛には今から行くと連絡しておいた。

「あっ……、ずっと寝てて……」

「必要そうなものを買ってきた」

「すみません……。ありがとうございます」

美愛はそう言うと、俺を中に招き入れてくれた。

部屋はワンルームで狭いけれど、綺麗に整理整頓されている。まるで美愛の性格を表しているようだった。

キッチンに買い物袋を置き、美愛に尋ねる。

「食べものは冷蔵庫に入れておいてもいい？」

「ありがとうございます。本当に助かります」

美愛が横になると、俺はそのそばに腰を下ろした。

「新堂さん……今日は本当にすみませんでした……。それにせっかくのお休みなのに、私のお見舞いにまで……」

熱にうかされ苦しんでいるときにまで俺のことを気遣う健気な美愛に、胸が締めつけられる。

「俺が好きでやってることだから、美愛は気にしないでくれ。それより、体調は？　熱を測ろう」

体温計を渡すとき、美愛の指先に触れた。その指先は熱を帯びている。

「身体は熱い？」

「少しだけ」

話を聞きながら、自宅から持ってきた血圧計とパルスオキシメーターでバイタル測定をする。

「バイタルは問題なし。熱は三十九度二分か。高いな。ちょっと首回り、触るよ？」

「はい……」

苦しそうに肩で息をしている美愛の首の下を、指で触診する。

「耳下腺と頸部リンパ節の腫れはない。少し聴診器当てるね」

服の上から聴診器を当て胸の音を聞いたが、問題はない。

「胸の音も大丈夫だ。熱以外に何か症状はある？」

「昨日の夕方から少し眩暈がありました」

「眩暈？　それはグルグル回る感じ？　それとも目の前が真っ暗になる？」

「グルグル回っている感じです……。それと少し吐き気もあって」

「回転性の眩暈か。少し前から風邪症状はあった？」

「風邪かどうかはわからないんですが、身体がダルい感じはありました」

父親の看病で疲れが溜まり、免疫力が落ちてしまったのだろう。

「眩暈と吐き気か。もしかしたら内耳が……いや、それ以外の疾患の可能性もある。熱も高いし、もしかしたら……」

困ったように首を傾げている美愛に気づいて、ハッとする。

「すまない、しんどいときに難しいことを言ってしまって」

美愛は小さく首を横に振る。

「今日より前にウイルス感染を起こしていた可能性もある。ひとまずバイタルは安定してるし、ゆっくり休めば良くなる。心配はいらない。ただ、俺も専門じゃないから連休明けに病院へかかったほうがいい」

「……はい。でも、新堂さんに診てもらってすごく安心しました。ありがとうございます」

目を細めて微笑む美愛の髪をそっと撫でる。

何かをしてあげたい。美愛のために俺ができること……。

「食欲はある？」

「はい。でも、昨日の夜から何も食べてなくて……」

「そうか。少しキッチンを借りる」

「え……？　でも……」

「少し時間がかかると思う。美愛は寝ていてくれ」

俺はキッチンに向かい、先ほど買ってきた食材を冷蔵庫から取りだした。

料理をはじめて、早一時間。

「なんで、こうなったんだ……」

愕然《がくぜん》としながら呟く。

スマホでレシピを確認しながら作った卵粥が、鍋の中で焦げついていた。

水の分量が足りなかったのか、それとも火にかけすぎてしまったのか。

理由はわからないけれど、決して成功とは言えないだろう。

普段、自炊をすることはほとんどない。するとしても、ケトルで沸かしたお湯でカップラーメンを作るぐらいだ。

「すまない、美愛。失敗した……」

作った卵粥を木製のトレーにのせてローテーブルに運ぶ。

鍋底の黒焦げになった部分を避けてよそったものの、なんだか焦げ臭い。見た目も美味しそうには見えない。

「わぁ……、卵粥。私、大好きなんです。いただきます」

ベッドから起き上がりテーブルの前に腰を下ろした美愛は、卵粥を木製のレンゲですくい上げて口まで運んだ。

「美味しい……。身体が温まります」

ふわりとした笑みを浮かべる美愛に、申し訳なさが募る。

「無理して食べなくてもいいから。普段自炊はほとんどしないし、そもそも料理は苦手なんだ」

「無理なんてしてません。新堂さんが、私のために作ってくれたって思うと嬉しくて……。ありがとうございます」

フーフーッと小さな唇で息を吹きかける美愛の横顔を見つめる。焦げている卵粥を嬉しそうに頬張る美愛が、たまらなく愛おしい。

食事を終えて食器の片づけをしている間に、薬を飲んだ美愛は再び眠りについた。

そっとベッドサイドへ歩み寄り、床に腰を下ろしておでこに浮かぶ汗をタオルで拭う。

時折、苦しそうに表情を歪める美愛が心配でたまらない。代われるものなら代わってやりたい。

早く良くなってくれ……。

俺は願うような気持ちで、布団から出ている美愛の手を握り締めた。

「……っ」

物音がして顔を上げると、美愛がベッドから身体を起こしたところだった。

「ごめんなさい、起こしちゃいましたか……？」

当直の疲れが出たのか、ベッドにもたれかかっていつの間にか眠っていたようだ。

「平気だ。それより体調は？」

「もう大丈夫です。ご心配をおかけしました」

市販の解熱剤が効いたのか、来たときより美愛の顔色が良くなっている。

「そうか、良かった」

ホッと胸を撫で下ろす。でも逆に美愛は俺のことを心配そうな表情で見つめていた。

「新堂さんにいろいろ迷惑をかけちゃって、すみません」

「そんなことは気にしないでいいんだ」

「でも、新堂さん夜勤明けですよね……？　新堂さんの身体が心配で……」

「美愛」

俺は美愛の言葉を遮った。

「どうして君はいつも、人のことばかり考えているんだ」

「新堂さん……」

「辛いときは辛いって言っていいんだ。自分のことを一番に考えてあげていいんだよ」

そっとベッドサイドに腰かけると、俺は美愛の身体に腕を回して抱き締めた。ふわりと香るシャンプーのような美愛の匂いに、たまらない気持ちになる。

「俺にだけは弱いところを見せてくれ。もっと甘えてほしい」

美愛が遠慮がちに俺の背中に腕を回す。

彼女を守りたいと強く想う。このままずっとそばを離れたくない。

「俺をこんな気持ちにさせるのは、美愛だけだ」

柔らかい美愛の身体を抱き締めていると、そのまま押し倒してしまいたいという強い衝動に駆られた。俺のすべてが美愛を欲していた。赤らむ頬に手を当てて、唇を奪い、耳や細い首筋に唇で触れたい。そして……。

彼女を抱く腕に力を込めてしまいそうになり、慌てて緩める。こんなふうに抱き締めては、体調の悪い美愛に負担をかけてしまいかねない。

名残惜しい気持ちをグッと堪えて美愛の身体を解放する。

「新堂……さん？」

「……参ったな」

思わず苦笑した。

少し赤らんだ顔で目を潤ませて俺を見上げるその表情は、きっと無自覚だから恐ろしい。再び美愛を抱き締めたくなる気持ちを抑えて、俺は美愛の頭を撫でた。

「これ以上刺激されたら、さすがに理性が利かなくなりそうだ」

溢れだしそうになる感情を、俺は必死の思いで押しとどめた。

第五章　愛を誓ったふたり

「何かあったらすぐに連絡して。もし必要なものがあれば言ってくれたら届けるよ」

「ありがとうございます」

「いいんだ。美愛のためなら、なんだってするから。お大事に」

新堂さんが帰ると、部屋の中が静まり返り、寂しさに押しつぶされそうになる。

再びベッドに横になると、ふと新堂さんの言葉が思い出された。

『俺にだけは弱いところを見せてくれ。もっと甘えてほしい』

あのとき、その言葉に胸が打ち震えた。私は自然と彼の背中に腕を回していた。

一ミリの隙間もないほどにきつく抱き締め合うと、胸の奥からマグマのように熱い感情が湧き上がってきた。

この身を焼くような感情が何を意味しているのか、私はこのときハッキリ自覚した。

私……新堂さんのことが好きなんだ。

これを恋って呼ぶんだ……と漠然と思う。

なんせ私は今まで、恋をしたことがない。昔から何かひとつに集中すると、周りが見えなくなる性格だった。学生時代はわき目も振らず勉強に専念し、就職してからは仕事に没頭した。

そのせいで二十六歳になっても彼氏はおろか、恋をすることもなかったというのに。まさかの初恋が新堂さんだなんて、私はなんと怖いもの知らずなのだろう。

少し眠ろうと目をつぶっても、瞼の裏には新堂さんの顔ばかりが浮かんできて、とても寝てなどいられない。

「看病しに来てくれて、嬉しかったな」

それに、料理が苦手なのに私のためにお粥まで……。

あのとき、浅い眠りを繰り返していた私が目を覚ますと、腕まくりをしてキッチンに立つ新堂さんの姿が飛び込んできた。

キッチンから焦げ臭い匂いがしてきて、それに慌てている新堂さんの姿がおかしくて、私は気づかれないようにくすっと笑った。

すべてが完璧で隙のない新堂さんの新たな一面を知り、その姿に人間味を感じることができた。

あらためて自覚する。私、新堂さんのことが好きなんだ……。

五月初めの大型連休から一週間ほど経ち、すっかり体調も良くなった私は、普段どおりの日常を取り戻した。

午前診療が終わったあと、私は須藤さんに『相談したいことがある』と告げ、病院の社員食堂へ誘った。

「わぁ……一ノ瀬さんのお弁当、彩り豊かで美味しそう！」

私がお弁当の包みを開けると、日替わり定食ののったトレーをテーブルに置きながら須藤さんが目を輝かせた。

「たいしたもの入ってないよ。ほとんど昨日の夕飯の残りだし」

豆腐入りの照り焼きつくねときんぴらごぼう、それに甘い卵焼き。主食は雑穀米で、茹《ゆ》でたブロッコリーとトマトを隙間に入れただけの簡単なお弁当だ。

「毎日自炊するだけで偉いですよ。私も一ノ瀬さんを見習って、ちゃんと自炊しなくちゃ」

スレンダーな須藤さんは、意外にも大食いのようだ。トレーにのった唐揚げ定食と大盛りご飯を見て、肩をすくめて笑う。お世辞とはいえ完璧な須藤さんに褒められると嬉しくなる。

「それで、私に相談っていうのは？」

私はスカートをギュッと手のひらで握り締めると、恥じらいながら須藤さんを見つめた。

「実は、困ってるときにある人にハンカチを貸してもらったの。そのあともいろいろお世話になっているから、ハンカチを返すときに何かお礼のプレゼントを渡そうって思ってるんだけど……」

「それ、女性ですか？　それとも男性？」

照れくさくて、思わずはにかむ。

「……男性」

「へぇ……」

と呟き、須藤さんは箸を止めて考えを巡らせたあと言った。

「あんまり高額だと相手に気を遣わせちゃうと思います。仕事でスーツを着るならネクタイ、タイピンとかですかね。ハンカチとかその辺も無難だとは思います。ただ、デザインの好みがわからないと選ぶの難しいかも」

「スーツはたまに着ると思うんだけど、確かに好みはわからないな」

勤務中は白衣とスクラブだし……。

「それなら、筆記用具はどうですか？」

「筆記用具？　ボールペンとか？」

「シャープペンでもボールペンでも、高級感のあるデザインで機能性のいいのたくさんありますよ」

「……うん、いいかも！　ボールペンにする！」

ボールペンなら実用的で、白衣の胸ポケットにも入れられる。彼氏持ちの須藤さんのアドバイスは、やっぱり的確だった。

「須藤さんに相談して良かった。ありがとう」

お礼を言うと須藤さんは「あっ！」と何かを思いついたかのように声を上げた。

「プレゼントと一緒に、お弁当作って渡すのはどうですか？」

「お弁当？」

「はい。一ノ瀬さんのお弁当、彩りもいいしすっごく美味しそうだから。絶対に喜ぶと思います」

「お弁当か……」

そういえば新堂さん、普段自炊はほとんどしないって言ってたっけ。

「渡してみようかな……」

「医者って意外と不摂生で、カップラーメンばっかり食べてますしね。たまには栄養のあるもの食べないと」

そう言ってからモグモグとご飯を頬張る須藤さんを見つめ、私は口をあんぐり開ける。

「えっ、今、なんて？」

「お相手、新堂先生ですよね？」

言い当てられて驚く私に、須藤さんは得意げに微笑む。

「ど、どうして？」

「カルテ庫への案内を一ノ瀬さんに頼んだときに、なんとなくピンッときました。それに新堂先生の熱い視線を見れば、一ノ瀬さんのこと気に入ってるんだなぁってことぐらいわかります」

須藤さんの洞察力、恐るべし。

「それ、他の人には……」

「安心してください。勘づいてるの、医事課では私だけだと思いますから。もちろん、言いふらしたりしません」

「ありがとう……」

そう言ったタイミングで、食堂内が急に騒がしくなった。何事かと声のするほうに視線を向ける。キャッキャと騒がしい女子集団の輪の中心にいたのは、結城さんだった。

手にしたトレーの上にはホットケーキとオレンジジュースがのせられている。キョロキョロと空いている席を探していた結城さん。目が合うと、「やあ」と人懐っこい笑顔で手を振ってきた。途端、周りにいる女子たちに敵意むき出しの視線を向けられる。私は控えめに会釈をして、結城さんから目を逸らす。

「新堂先生、いいですよね。硬派っぽいし、一途な感じで。同じ外科医なのに、全然違うタイプの人もいるみたいですけど」

チラリと結城さんに視線を向けて顔をしかめたあと、須藤さんは大きな口で白米を頬張った。

そんな須藤さんに苦笑いを浮かべていると「まあ、そんな話はいいとして」と、須藤さんが話を戻した。

「一ノ瀬さんが最近ますます可愛くなったのは、新堂先生の影響だったんですね。私、陰ながら応援してますから」

女の私から見てもうっとりするほど綺麗な笑顔をみせる須藤さん。

勇気を出して相談してみて良かった。誰かに頼ったり相談をしたりするのは昔から得意じゃない。

ましてや、男性へのプレゼントの相談なんて、少し前までの私には考えられないことだ。

新堂さんに出会ってから、なんだか少しだけ心境に変化が生まれた。

「嬉しい。ありがとう」

良き理解者ができ、胸の中がほっこりと温かくなった。


それから数日後の昼休み。私は新堂さんを人気《ひとけ》のない病院の裏庭に呼びだした。

「遅れてすまない。診察が長引いてしまって」

慌てて来たのか、私の前まで駆け寄ると新堂さんは肩を上下させた。

「忙しい時間に呼びだしてすみません。良かったら、これ……」

「何?」

紙袋を手渡すと新堂さんは首をひねった。

須藤さんの助言どおり、私は新堂さんにボールペンをプレゼントすることにした。

黒を基調とした、高級感のあるシンプルなデザインのものを選んだ。

「看病してもらったお礼です。それと、借りていたハンカチも。返すのが遅くなってすみません」

「お礼なんて、そんなの気にしなくて良かったのに。これ、開けてもいい？」

「もちろんです」

新堂さんが包みを開ける様子をドキドキしながら見つめる。

喜んでもらえたらいいな……。すると、包みを開けた新堂さんが固まった。

「……ボールペン……」

取りだしたボールペンをまじまじと見つめる新堂さん。

もしかして気に入らなかった……？

「あの、新堂さん……？」

恐る恐る新堂さんに声をかけると、新堂さんが口を手のひらで覆った。

「ダメだ、美愛が俺のために選んでくれたのかと思うと、嬉しすぎて言葉にならない」

明らかに照れた様子で伏し目がちになる。

新堂さんの新たな一面を目の当たりにして、喜びと同時に愛おしさが込み上げてくる。

「喜んでもらえて良かったです」

「ありがとう。大切に使わせてもらう」

新堂さんはそう言うと、早速白衣の胸ポケットにボールペンを収めた。

「あと、新堂さんお昼はまだですか？」

「ああ。このあとまだ少し仕事が残ってるから」

「良かったらこれ、食べてください」

お弁当の入った包みを渡すと、新堂さんは中を覗き込んで息を呑んだ。

「これ……弁当？　まさか美愛の手作りなのか？」

そう尋ねた新堂さんの声はわかりやすく弾み、目を輝かせている。

「はい。お口に合うかわからないんですけど、作ってみました」

「ありがとう。まさかこんな嬉しいプレゼントをもらえるなんて……。幸せすぎて怖いくらいだ」

「ふふっ。そんなに喜んでもらえて私も嬉しいです」

思わず微笑むと、新堂さんが真っ直ぐ私を見つめた。

「美愛、君に言いたいことがある」

その言葉で空気感が一瞬で変わる。真剣な表情の新堂さんから目が離せない。

「言いたい……こと？」

「俺は……」

言いかけたタイミングでPHSが鳴りだした。

「ハァ……なんで今なんだ。タイミングが悪すぎる」

新堂さんはわかりやすく、ため息を吐いた。

「すまない、もう戻らないと。また連絡する」

「はい。お仕事、頑張ってください」

新堂さんはPHSを耳に当てて私から離れていく。

「新堂です。……ああ、その件でしたら……」

さっきとは一転し、仕事モードになった新堂さん。

もっと一緒にいたかったな……。

名残惜しく思いながら小さくなっていく新堂さんの背中を見つめていると、新堂さんが突然立ち止まり振り返った。

「っ……」

驚いていると、新堂さんが私を見つめながら手を振った。

胸が痛いぐらいに高鳴って、新堂さんへの想いが溢れそうになる。反射的に胸元で小さく手を振ると、新堂さんは耳にPHSを当てたまま笑みを浮かべた。

その笑顔に、私の胸の中は甘酸っぱい感情で満たされたのだった。

プレゼントを渡した日から十日ほど経った。

外来に手術、それに論文や学会。

新堂さんは日々、忙しそうにしていた。でも、当直の休憩時間のわずかな間に電話をかけてくれたり、忙しい合間を縫ってはこまめに連絡をしてくれたりした。

『美愛の声が聞きたかった』

電話口から届く低い声を聞くだけで、たまらなく愛おしい気持ちが込み上げてくる。

一分でも一秒でも長くその声を聞いていたい。

だから、【土曜日の夜、会えないか？】そんなメッセージが届いたとき、私はあまりの喜びで天にも昇りそうな気持ちになった。


そしてついに、その日がやってきた。定時になると、誰よりも早く更衣室へ向かい身だしなみを整える。

以前デート用に買ったワンピースに袖を通し、胸を高鳴らせながらロッカーの鏡で髪型のチェックをして、マットな質感のピンクベージュのリップを引く。

「えっ、ちょっと。一ノ瀬さん、どうしちゃったの⁉　さっきまでと雰囲気違うけど」

更衣室に入ってきた高山さんが、私のことを上から下まで舐めるように見つめた。

「変、ですかね？」

「それなりに可愛いんじゃない？　まあ、あたしが着たらもっと可愛いと思うけど」

ひと言余計だよ、と心の中で苦笑する。

「じゃあ、お先に失礼します」

「ちょっと待って！　一ノ瀬さん、まさか彼氏できたの？」

窺《うかが》うような表情でそう尋ねた高山さんにドキリとする。

「違いますけど……」

どうしても語尾が尻すぼみになってしまう。デートには行くけれど、私と新堂さんは付き合っているわけではない。その現実を高山さんに突きつけられたような思いだった。

「あぁ……そう。そうだったんだ！　そうだよね、アンタに先越されたのかと思った」

「先……？」

なぜか急に表情を明るくしたあと、「お疲れさま！」と高山さんは上機嫌で私を送りだした。

高山さんの態度に首を傾げながら職員駐車場へ向かうと、車に乗った新堂さんの姿が目に入った。小走りで駆け寄ると、私に気づいた新堂さんが颯爽《さっそう》と車から降りて助手席のドアを開けた。

「ようやく会えた」

待ち焦がれていたとでもいうように熱い眼差しを向けられ、一瞬にして頬が赤らんだ。

車は病院を出て、高速にのって横浜方面に向かう。夕食は、新堂さんおススメの湾岸近くの中華レストランで、コース料理を堪能した。運ばれてくる食事はどれも美味しくて、特に北京《ぺきん》ダックとフカヒレの姿煮は頬が落ちてしまいそうなほどだった。デザートの杏仁《あんにん》豆腐までぺろりと平らげた私は、大満足で店をあとにする。

一歩外に出ると陽は落ち、辺りは真っ暗だった。「美愛に見せたいものがある」と言う新堂さんとともに、レストランからほど近い客船ターミナルにやってきた。屋上デッキに降り立つと、三百六十度のパノラマの夜景が広がった。

キラキラと輝く青色味がかった夜景を見下ろす。

視界を遮るものは一切ない。商業施設の暖色と寒色の混在したさまざまな色彩の明かりの集合体は、繊細な光のシャワーのように海面に反射して、眼前に迫るようだった。

「わぁ……、綺麗……」

思わず声が漏れた。

しばらくの間、湾岸の煌びやかな夜景に目を奪われていると、「美愛」と名前を呼ばれた。

その声で、隣にいる新堂さんに目を向ける。

「まさかこんな日が来るなんて、夢にも思わなかった」

「え……?」

すると、新堂さんは真剣な表情を浮かべた。

「話があるんだ」

「……はい」

ごくりと唾を飲み込み、新堂さんに身体を向ける。

話ってなんだろう。心臓がトクントクンッと震えて、緊張しながら新堂さんの言葉を待つ。

新堂さんは一度息を吐くと、決意したように私に目を向けた。

曇りのない瞳を向けられ、その視線の強さにドキリとした。

「俺は美愛が好きだ。初めて会った日から、君に惹かれていた」

よどみのないハッキリとした口調。新堂さんは真っ直ぐ私を見つめながら言った。

「っ……」

驚き以上の震えるような喜びが込み上げてきて、心臓が飛び跳ねた。

本当に新堂さんが私のことを……？

その言葉を、私はずっと待ち望んでいた。

「こんなふうに一緒にいたいと思えたのは、美愛だけだ」

「新堂さん……」

「大切にする。だから美愛、結婚を前提に俺と付き合ってほしい」

いろいろな感情が溢れてきて唇が震え、目頭に涙が浮かぶ。

「美愛……？」

涙がこぼれそうになりキュッと下唇を噛むと、新堂さんが不安そうに私の顔を覗き込んだ。

「……です……」

「え？」

「私も……新堂さんが好きです……」

なんとか必死に声を振り絞って言うと、新堂さんの目にパッと光が灯った。

「本当に？　美愛に無理させていないか？」

「む、無理なんてしていません！　でも……本当に私なんかでいいんですか？」

恐る恐る尋ねると、新堂さんは笑みを浮かべて私の頭を撫でた。

「私なんかって言わないでくれ。むしろ、美愛じゃないとダメなのは俺のほうだ」

「新堂さん……」

「ずっと一緒にいよう」

「は、はい！　よろしくお願いします」

こういうとき、どんな反応をしたらいいのかわからない。

あらたまってぺこりと頭を下げると、新堂さんは目を丸くしたあと、声を上げて笑った。

無邪気なその笑顔に、胸がキュンッと高鳴る。

「堅苦しいのはなしだ。俺と美愛は今日から恋人同士なんだから」

「私と新堂さんが恋人同士……。どうしよう。嬉しすぎて、どうしたらいいのかわかりません」

照れ隠しでモゴモゴ言うと、新堂さんは私の背中に腕を回して、唐突に抱き締めた。

「俺もだ。とても冷静でいられない。こんな幸せあっていいのか……」

「それは私のセリフです」

頬を赤らめながら呟くと、新堂さんの大きな手が私の髪をすくように優しく撫でつける。

「美愛……」

名前を呼ばれただけで鼓動が跳ねる。至近距離でふたりの熱い視線が絡み合った。切なさと愛しさをごちゃ混ぜにしたような感情が込み上げる。

「新堂さ……」

最後まで名前を呼ぶことは叶わなかった。新堂さんはあっという間に私の唇にキスを落とした。唇に触れた、温かくて柔らかい感触。

私、新堂さんとキスしてるんだ……。

ぼんやりとした頭で、そんなことを考える。

息継ぎのタイミングで唇が離れたかと思うと、今度は頬に手を添えて、緩急をつけてキスを落としてくる。

温かく包み込むような優しいキスに、頭の中がふわふわしてきた。想いをぶつけるように、鼻先が擦れるくらい何度も角度を変えながら唇を重ね合わせる。

キスってこんなにも気持ちがいいの……？

心が満たされていくのを感じる。

私ってば、いったいどうしちゃったんだろう。

もっとしてほしいって思うなんて……。甘い雰囲気に、私は新堂さんを自ら求めてしまいそうになった。

「んっ……」

思わず声を漏らすと、新堂さんが唇を離す。

「すまない、美愛のこととなるとつい余裕がなくなる」

やってしまったというように顔をしかめた新堂さん。私はブンブンッと首を振った。

「そんなことありません！　初めてのキスの相手が、新堂さんで良かったです」

思いきってそう告白すると、新堂さんは「え？」と茫然とした様子で口を開いた。

この年で恋愛経験がゼロだと知ったら、やっぱり引くよね……。

「ちょっと待ってくれ。美愛の初めてのキスの相手が俺？　今のキスがファーストキスってこと？」

普段、冷静沈着な新堂さんが柄にもなく慌てている。

「は、はい。私、今まで男性とそういうことをしたことがなくて……」

「誰かと付き合ったことも、一度もない？」

「はい。一度も……」

今さら正直に打ち明けたことを後悔したものの、新堂さんの反応は私の予想とは真逆だった。

「……待ってくれ。そんな奇跡があるのか……。美愛のような女性を放っておくなんて、周りの男たちはどれだけ見る目がないんだ」

信じられないとでもいうように眉間に皺を寄せて険しい表情を浮かべたかと思えば、今度は口元を緩ませて嬉しそうにしている。

「そう言ってくれるのは、新堂さんだけですよ」

コロコロ変わる表情がおかしくて微笑みながら言うと、新堂さんがハッとしたように私を見た。

「すまない。美愛の事情を知らずに先走ったな」

「キスのことですか？」

「ああ。これからは美愛のペースに合わせるから、遠慮なく言って」

新堂さんは申し訳なさそうに眉を下げる。

いつものように優しく私のことを気遣ってくれる新堂さん。でも、私は……。

「あのっ、私……」

「何？」

顔を赤らめてモジモジと俯《うつむ》くと、そっと顎を指で持ち上げられて、熱い視線が絡み合う。新堂さんに触れてみたいという欲求が、これ以上なく大きく膨らむ。潤んだ瞳で見上げると、新堂さんの腕が腰に回った。グイッっと逞しい腕で引き寄せられて、身体が密着する。硬く厚い胸板の感触。そっと新堂さんの引き締まった腰に腕を回す。

途端、新堂さんから本能に訴えるような大人の匂いがした。その香りに、身体の芯が甘く疼く。もっと身体を摺《す》り寄せて、新堂さんの熱に溺れていたい。

「俺たちはもう付き合ってるんだから、遠慮はいらない」

その言葉で私の中の迷いが溶けていく。

「私……さっき、もっとしたいって思っちゃいました」

本心を照れながら伝えると、新堂さんの喉仏が上下した。

「もっとしたい……か。俺も同じ気持ちだ。でも、俺が求めているのはキスだけじゃないって言ったら？」

「えっ……？」

「キスもその先も、美愛の全部が欲しいって言ったら？」

いつも紳士的だった新堂さんが見せた男の顔で、全身の血が巡るような興奮に襲われる。

恋愛経験がないとはいえ、私ももう二十六歳の大人だ。新堂さんの言葉が何を意味しているのかくらいわかっている。

初めてを捧げるなら、その相手は絶対に新堂さんがいい。

「新堂さんになら、私の全部をあげられます」

決意を込めて言うと、新堂さんはそっと私の手を取り、車へと歩きだした。

これから何が起きるのか、考えただけで緊張でどうにかなってしまいそうだ。

でも、それ以上に繋がれている手のぬくもりに私は胸を焦がした。

向かった先は、スタイリッシュな外観の高級マンションだった。エレベーターに乗り、地上三十階建ての最上階で降りる。扉を開けると、ホワイトムスクの芳香剤の香りが緊張を高める。玄関周りは高級感溢れる大理石張りで、広々とした廊下を抜けた先には、開放的なリビングがあった。南側の大きな窓の外には、キラキラと輝く都会の夜景が眼下に広がる。

部屋に入るなり、性急に抱き寄せられた。唇がわずかに触れ合うキスを繰り返しながら、雪崩れ込むように寝室まで行き、ベッドに押し倒される。

ベッドルームは無駄なものが一切なく、黒と白を基調としたモノトーンで、洗練された空間だった。キングサイズのベッドに身体を沈み込ませた私の上で、新堂さんがネクタイを緩める。私はその色っぽい仕草に釘《くぎ》づけになった。

「好きだ、美愛」

私に馬乗りになった新堂さんは、何度も角度を変え、緩急をつけて唇を重ね合わせる。これからを予感させる熱いキスのあと、新堂さんは部屋の電気を落とした。

室内は、ベッドサイドにある小さな間接照明のオレンジ色のぼんやりとした明かりに照らされ、ロマンティックなムードが漂う。

甘い雰囲気に気分が高揚して、私は新堂さんを潤んだ瞳で見上げた。

「私も新堂さんのことが好きです……」

見つめ合いながら、互いの気持ちを伝え合う。

「美愛、名前で呼んで」

新堂さんの目には確かな欲情が感じられた。熱い呼吸を繰り返す新堂さんの姿に、さらに気持ちが昂る。

「……涼介……さん」

「ふっ。良くできました」

子供のように無邪気な笑みを浮かべた新堂さんは、それを合図のように再び私の唇を奪った。

息を吸うタイミングで、わずかに開けた唇の端から入ってきた柔らかい舌が私を刺激する。恥ずかしくなって舌を引っ込めると、私の舌を誘いだし、逃がさないとばかりに優しく搦《から》め捕る。

艶《なま》めかしく変化するキスの雨にどうしたらいいのかわからず、私は身を任せることしかできない。

キスの合間に、新堂さんはガチガチに緊張している私をリラックスさせるかのように「可愛い」と言って、頭を撫でてくれる。

「んんっ」

今度は唇だけでなく、首筋や鎖骨にまでキスを落とされ、そのたびに身体がピクリと反応してしまう。

服の上から背中や腰を指で優しくなぞられ限界まで焦らされたあと、新堂さんが首筋に舌を這《は》わせた。初めて感じる熱い舌の感触に、腰が浮きそうになる。

「あっ……」

必死に堪えていたものの、優しく吸い上げられると我慢しきれない。甘ったるい声を漏らして、身体をのけ反らせる。

焦らされていたぶん、身体が敏感になってしまっているのだろう。

恥ずかしくなって口を手で覆うと、新堂さんは「ダメ。可愛い声、聞かせて」と私の手のひらに指を絡ませてそれを阻止する。

「やっ、恥ずかしいです……」

「そんな真っ赤な顔で言われたら、逆効果だ。ますます意地悪したくなる」

クラクラするような甘い雰囲気に、私は自分でも信じられないぐらい興奮していた。

新堂さんは的確に見つけた私の弱い部分を、一定のリズムで攻め続ける。

「ここ、好きなんだ？」

甘い言葉で囁かれて、身体と同時に脳にも大きな快感を得て、身体をよじってそれから逃れようとする。

「それダメ……、新堂さ……ん」

身体の奥底から熱い何かが湧き上がってくるような初めての感覚に、そう涙目で訴えかける。

すると、ようやく刺激が止んだ。ホッとしたのも束の間、今度は新堂さんの唇が近づいてくる。キスをされると思っていると、寸前のところでピタリと動きが止まった。

「どうして……？」

少し動けば唇が触れ合ってしまいそうな距離で止まった新堂さんは、私を見つめる。

「また新堂さんって言ったから、お仕置き」

「……っ」

ニッと楽し気に笑う新堂さんは、いつもとはまるで別人みたい。そんな新堂さんを独り占めしているという、優越感に満たされる。

わざと唇を避け、新堂さんは頬やおでこにキスを落とし続ける。

何度も焦らされ、もう限界だった。

私は新堂さんの首に両腕を回し、自分からキスをした。積極的なことをしてしまったと驚く私以上に、新堂さんのほうが驚いていた。

「参ったな。そんなことされたら、本当に理性が吹っ飛びそうになる」

新堂さんはその言葉のあと、私の服をあっという間に脱がせた。

「綺麗だ……」

ため息のように吐き出した新堂さんの艶のある声に興奮して、ぞくりと肌が粟《あわ》立つ。

火照りすぎて熱くなった身体を冷たいシーツが冷やしてくれる。

下着姿にされた私は、新堂さんに見下ろされた。

新堂さんは荒い息を繰り返しながら、じれったそうにワイシャツのボタンを外し、ベッドの下に脱ぎ捨てた。しなやかな筋肉のある上半身が露わになり、その姿に釘づけになった。

「愛してるよ、美愛。一生大切にするから」

ギュッと抱き締められると、新堂さんの温かさを直に感じて心が満たされていく。

この夜、私は信じらないほど丁寧に新堂さんに抱かれた。

もちろん初めての痛みもあった。でも、喜びのほうが圧倒的に勝っていた。

互いの鼓動が重なり合い、ひとつに溶け合う感覚は何物にも代えがたい。それほどの感動があった。

新堂さんの腕の中で、心も身体もすべてが満たされ、幸福感が全身を包み込んだ。

初めての相手が、大好きな新堂さんで良かった……。

「おやすみ、美愛。ゆっくり休んで」

ベッドの中でまどろんでいると、そっとおでこにキスをされた。

目をつぶる私の髪を優しく撫でてくれる、新堂さんの大きな手。

私は自然と心地いい眠りに落ちていった。

第六章　愛する人　【新堂涼介side】

翌朝、寝室に差し込んだ朝陽に顔を照らされて、目を覚ます。

それとほぼ同時に、俺はハッとして首を横にひねった。

良かった……。

隣でスヤスヤと可愛い顔で眠る美愛の姿に、昨日の出来事が夢ではないのだと実感して安堵する。

美愛を抱くのはもっと時間が経ってからと思っていたのに、彼女のこととなると俺は途端に余裕をなくしてしまう。

自分が初めての相手だと知り、嬉しさから気持ちが昂った。それ以上に、愛する人と気持ちが通じ合ったというこの上ない喜びから、本能的に美愛を強く求めてしまった。

キスすら初めてだと言っていたけれど、身体は大丈夫だろうか。わずかに残っていた理性で、できるだけ身体に負担がないようにしたが心配になる。

そっと美愛の髪を撫でつけると、たまらなく愛おしい感情が込み上げてきた。

必ず大切にする。

心の中でそう誓った瞬間、美愛の目がわずかに開いた。

「お、おはよう、美愛」

「お、おはようございます」

目が合うと、美愛は頬を真っ赤にして、俺から目を逸らした。

「身体は平気？」

「大丈夫です」

昨日のことを思い出したのか、美愛はちょっぴり恥ずかしそうだ。

照れている姿も可愛い。こんな姿を見られるのは自分だけだと思うと、優越感を抱いてしまう。

「良かった。お腹は空いてる？」

「ペコペコです」

「俺もだ。ただ、俺は美愛も知ってのとおり、料理は苦手なんだ。だから、この家に食材はない。デリバリーを取るか、すぐ近くにあるカフェに行くかなんだけど」

「カフェですか？」

興味を惹かれたのか、美愛がこちらを向く。

「そう。フレンチトーストが美味いんだ」

「フレンチトースト！　私、大好物なんです」

目を輝かせる美愛に、俺は思わず微笑んだ。

「美愛の身体が大丈夫なら、そこに行こうか」

「……はい！　すぐに準備しますね」

慌てて立ち上がろうとした瞬間、美愛の胸が露わになった。

「やっ……！」

慌てて胸元を隠して、恥ずかしそうに目を潤ませる美愛。俺はたまらず身体を起こして、美愛をギュッと抱き締めた。

「今……見ましたか？」

「ちょっとだけね。昨日は全部見たけど」

「りょ、涼介さんの意地悪……！」

美愛の言葉に驚く。

「今、俺のこと……名前で呼んだ？」

「ダメでしたか？　昨日、名前で呼んでって言っていたので」

美愛の言葉に、昨日の出来事が鮮明に頭に浮かぶ。

「確かに言ったな」

あのときの信じられないぐらいの感情の昂りを、思い出しそうになる。

俺の腕にしがみつき、顔を赤らめる美愛の姿が目に浮かび、たまらなくなる。

「マズい。このままじゃまた美愛を押し倒して、カフェどころじゃなくなりそうだ」

溢れそうになる欲情を必死に押し殺し、俺は美愛から手を離した。


七月下旬。美愛と付き合ってから二か月が経った。

自分で言うのもなんだが、これ以上ないほどにうまくいっている。

休みが合った週末にはデートを重ね、平日も時間が許す限り互いの家を行き来している。

最近では、うちに来ると美愛が手料理を振る舞ってくれる。それだけでなく、カップラーメンばかり食べて不摂生している俺のために、弁当まで作ってくれる。美愛と付き合いはじめてから、殺風景だったキッチンに調理器具が増えた。一緒に買った色違いのペアの食器を見るたびに、喜びが込み上げてくる。

美愛には照れくさくて言えないが、お揃いのマグカップでソファに座りコーヒーを飲むのが、今の俺にとって至福の時間だ。

この日も俺と美愛は日曜日を利用して、美愛が行きたいと言っていた隣県の観光地へ出かけた。

ロープウェイに乗り、山の頂上で景色を眺め、下山してからはガイドブックに載っていた有名な蕎麦屋《そばや》で昼食を取った。そのあとも、意外と食いしん坊な美愛と食べ歩きをして帰途に就く。

「明日も仕事だし、このまま家まで送ってく？　それとも、休憩がてら少しうちに寄る？」

時刻は二十時を回っている。夕食を済ませて車に乗り込むと、助手席に座る美愛に尋ねた。

「できればもう少し一緒にいたいので、お邪魔してもいいですか？」

「もちろん」

美愛の言葉に喜びながら、車を自宅マンションまで走らせた。

家に着くと、中は蒸し暑かった。急いでリビングの冷房をつけ、革張りのL字型ソファに美愛を座らせる。

「ありがとうございます」

首筋の汗をタオルで拭っていた美愛に、冷えたレモンティーを差しだす。

「一日出歩いていたから、疲れただろう?」

「平気です。それより、涼介さんのほうが運転で疲れましたよね」

俺は美愛の隣に腰かけると、薄い肩に腕を回した。

「疲れてないよ。美愛と出かけられて楽しかったから」

「私もです。今度は涼介さんの行きたい場所に行きましょうね」

「じゃあ、次は泊まりでゆっくり温泉旅行にでも行くか?」

「温泉! いいですね」

「決まりだな」

声を弾ませた美愛の肩を自分のほうに引き寄せる。

「ようやく、ふたりきりになれた」

付き合いはじめてから、美愛への想いは強くなる一方だ。隙あらば俺はこうやって、美愛に触れたくなってしまう。

「ふふっ、車の中でも、ふたりっきりでしたよ?」

美愛が俺の肩に頭をのせて笑う。付き合っていくうちに、美愛はこういう冗談まで言うようになった。心を許してくれていることが、たまらなく嬉しい。

「でも、運転中は美愛にこういうことできないだろ?」

緩く巻いた髪をひとつに束ねているおかげで、無防備になっている細い首筋に唇を這わせると、美愛の身体がぴくっと反応した。

「んっ……」

美愛の口から漏れる甘い声に刺激されてキスを落とすと、美愛の唇の隙間から舌を差し入れて、甘い舌に絡める。熱っぽくなる互いの吐息。

このままなし崩し的に美愛を抱いてしまいたい衝動に駆られた瞬間、美愛が俺の胸を両手で押した。

「ま、待ってください！　私、すごい汗をかいていて……」

「もう待てない。美愛に触れずにずっと我慢してきたんだから」

すかさず不満を漏らす。

「それなら、せめてシャワーを浴びてからでもいいですか？」

「シャワー……？」

その言葉で、ふと思い直す。本心では今すぐにでも美愛を抱きたいが、一緒に風呂に入るのも悪くない。

「わかった。そうしよう」

俺は美愛から手を離して、立ち上がった。

呆気《あっけ》なく引き下がった俺を、意外そうに見つめていた美愛に微笑み、足取り軽くバスルームへ向かった。

ほどなくして風呂が沸き、恥ずかしがる美愛としばらく押し問答を繰り返したあと、泡風呂にするということで決着がついた。

暗くしてほしいという美愛の要望に応えて、浴室の天井と壁面を繋ぐラインにそって設置されたライン照明だけをつける。

バスルーム内が柑橘《かんきつ》系の爽やかな匂いに包まれる。バスタブの中で向かい側に座った美愛は泡を両手で掬《すく》い取り、香りを楽しむ。

「泡風呂なんて子供の頃以来です」

泡で身体が見えないせいか、美愛はリラックスした表情をみせる。

美愛の頭に大きな泡の塊をのせると、美愛もお返しとばかりに俺の頭にのせる。

互いに泡まみれになりながら笑い合う。

「美愛」

泡の感触を楽しんでいた美愛の手を引き、あぐらをかく自分の膝の上にのせる。アップにした美愛の髪から水が滴り落ちるサマが色っぽくて、ごくりと唾を飲み込む。

汗ばんで頬を赤らめている美愛の顔に、抑えていたはずの欲情が湧き上がる。

「そろそろ我慢の限界なんだけど」

「あっ」

唇を重ねると、美愛が甘い声を漏らす。

浴室内にチャプチャプという水音と美愛の声が響き、体中が熱く疼く。

顔を離すと美愛が潤んだ瞳で俺を見上げていた。

「涼介さん……、私……」

時間とともにバスタブの泡が減り、美愛の上半身が露わになる。

たまらず美愛を抱き締めると、上半身が隙間なくピタリとくっつき美愛の肌の感触がダイレクトに伝わってくる。

「嫌？」

そう尋ねると、俺の身体にしがみつき美愛はフルフルと首を横に振った。

「違います……。でも、ここじゃなくて……」

「うん？　言って」

「ベッドでしたいです」

耳元で囁かれて、わずかに残っていた理性が瞬く間に崩壊する。

「今日は帰さない。覚悟しておいて」

俺はこの夜、長らく抑えていた衝動を解き放つように、美愛の身体の隅々まで余すところなく触れて愛したのだった。

美愛との熱い一夜から明けた翌日の月曜日、ナースステーションにいた看護師長に、昨日買ってきたお土産を手渡した。

「これ、良かったらみんなで食べて」

「ありがとうございます。えっ、これ今すごい人気のフィナンシェじゃないですか！」

師長は途端に目を輝かせた。

「そうなんだね」

「一度食べてみたいねって、みんなで休憩時間に話してたんですよ。ねえ、みんな！これ、新堂先生からよ」

「え～嬉しい！」

看護師たちが集まり師長を囲む。

「新堂先生、ありがとうございます」

看護師たちに笑顔で礼を言われた。

これも全部、美愛のおかげだ。

仕事を円滑に進めるためにも、看護師との連携は必要不可欠だ。

医師と看護師だけでなく多くの病院職員の連携によるチーム医療は、患者の命を救うためにとても大切だ。

だが、俺は看護師たちとうまくコミュニケーションを取れずに悩んでいた。そこで、お土産を渡して会話のきっかけにするのはどうかと、美愛がアドバイスをくれたのだ。

『小分けされてて日持ちがして、女子受けする見た目が可愛いもの……。あっ、これなんかどうですか？　すごく人気で美味しいですよ』と薦められて買ったのが、あのフィナンシェだった。

「新堂先生、なんかここ最近優しいですよね。丸くなったっていうか」

「わかる～！　前はなんかいつも冷たいし、とにかくとっつきにくかったし。話しかけるのも、ちょっとためらっちゃうときがありました」

看護師たちの言葉に自分の未熟さが浮き彫りになり、あらためて自身を見つめ直すいい機会になった。

「すまない。いろいろと迷惑をかけていたんだな」

俺の言葉に、そばで話を聞いていた師長が慌てたように言った。

「新堂先生が悪いわけじゃないですよ！　今後も患者さんのためにチームとして、情報や意思を共有していきましょうね」

「もちろんだ。患者のことや困ったことがあれば、いつでも遠慮なく言ってほしい」

「ありがとうございます」

今まで俺の周りには、色目を使って近寄ってくる女が多かった。そのせいで、周りにいるすべての女性たちに対して、無意識に距離を置いてしまっていたのかもしれない。

もっと早く、看護師たちと向き合えば良かった。

師長や他の看護師たちが朝のカンファレンスをはじめたとき、ポンッと肩を叩かれた。

振り返るとスクラブの上に着た白衣に両手を突っ込んで、ニヤニヤと笑う結城がいた。

「見てたぞ〜。看護師さんたちと、ずいぶん仲良くなったんだな?」

「だったらなんだ」

「最近、新堂変わったよな。毎日ご機嫌さんだし」

「なんだそれ」

茶化したような言い方に呆れていると、結城はそっと耳元で囁いた。

「一ノ瀬さんと付き合ってんだろ？」

「……なんでそれを」

思わず口にすると、結城は得意げに鼻を鳴らした。

「あんな女子受けする土産を、お前が選ぶとは思えない。一ノ瀬さんが選んでくれたんじゃないの？」

まさに結城の言うとおりだ。

「安心してよ、誰にも言わないから。俺、口はそれなりに堅いしさ」

結城のことだ。きっと俺が白状するまで、何度となく聞いてくるに違いない。とはいえ、いつもへらへらしてはいるが、むやみやたらに美愛との関係を言いふらすような奴ではない。

観念した俺は結城に話すことにした。

「お前の言うとおりだよ」

「やっぱりか。でも良かったね、新堂。お前、今すごい幸せって顔してるよ」

からかい口調で言ったあと、結城は真っ直ぐ俺を見た。

「一ノ瀬さんのこと、大切にしてやれよ」

「お前に言われなくても大切にする」

「ははっ、ずいぶん素直だな。これも一ノ瀬さんの影響か」

そう言って結城は楽しそうに笑った。


それからさらに半月が経った。

美愛と付き合いはじめてから二か月半、一緒にいればいるほど美愛の優しさや温かさに触れ、そのたびに俺は美愛への想いを募らせていった。

付き合ってからの美愛は、よく笑うようになった。

『もっと自信をもちたい』とメイクや髪型を変えて、イメチェンもした。

出会ったばかりの素朴な美愛も、今の美愛も俺はどちらも好きだ。

ただ、俺と付き合いだしたあと、どんどん綺麗になっていく美愛に心配は絶えない。

この間も社員食堂で『医事課の一ノ瀬さん、可愛くなったな』とか『彼氏いるのかな?』とか他の科の男たちが噂しているのを聞いた。

受付でMRの若い男と笑顔で言葉を交わしている美愛を見たときは、柄にもなく嫉妬し、心を波打たせた。

『美愛は俺の女だ』と喉元まで出かかったことは、一度や二度ではない。

でも美愛からは、この付き合いはしばらくの間、秘密にしてほしいと頼まれている。

『みんなの憧れの新堂さんと付き合ってるなんて広まったら、嫉妬されたり、いらぬ詮索をされてしまいます』『付き合うということに慣れていない私は、これが精いっぱいです』と言われてしまった。

愛する美愛の頼みだからとその気持ちを尊重して、渋々承諾はした。しかし、心中は穏やかではない。

本当は今すぐ俺たちの関係を叫びたいぐらいだが、美愛の気持ちや院内での立場を考えると踏みとどまるしかなかった。

美愛と付き合いはじめてから、自分がこんなにも独占欲の強い人間だということを、思い知らされた。

それは自分でも気づかなかった、新たな一面だった。

一方で、以前から評価は高かったようだが、最近ではさらに院内で美愛の仕事ぶりが評判になっていることを知った。受付時、患者に気になった点があるとその都度、看護師に先回りをして伝達しているらしい。

待ち時間が長く苛立った様子だという情報は、トラブル回避の点でとても助かっていると看護師たちが口を揃えていた。

それを行っているのは、医事課の中では美愛と、須藤さんという以前病棟クラークだった事務員だけらしい。

美愛は今の仕事に誇りをもっている。

真面目で一生懸命な美愛の頑張りが評価されることは、とても喜ばしいことだった。

この日、午前の外来診療を終えたあと、用を思い出してナースステーションへ向かった。

すると、そこには美愛と同じ服装の事務員がいた。

まだ新人の看護師を捕まえて、何かを聞きだそうとしている。

「ねえ、今日来たイケメン患者ってなんの病気だったの～？　教えてよ」

「すみませんが、そういうことは教えられません」

「ハァ？　別にいいじゃん、それぐらい教えてくれても」

「ですが、規則ですので」

「何よ、アンタ。あたしが看護師じゃなくて事務員だからってナメてんの？」

「――どうした？」

困った様子の看護師と事務員の間に割って入る。

「新堂先生……。患者の個人情報は教えられないって、何度も言ったんですけど……」

すべてを悟り、俺は事務員にハッキリ言った。

「患者の個人情報は守秘義務があり教えられないし、ましてやこんなところで聞こうとするなんてありえない。事務員ならもっと自覚をもってくれ」

「……はぁい。ごめんなさい」

冷たく切り捨てると、彼女は唇を尖らせて、不貞腐れたような表情を浮かべる。

「それじゃ俺はこれで」

そう言って彼女に背中を向けようとしたとき、「新堂先生」と呼び止められた。

「あたしのこと、覚えてますぅ？」

「以前、受付で挨拶をしたね。高山さん、だよね？」

カルテ庫に一緒に行くと言って、しつこかったことを思い出す。彼女のように男に媚《こ》びるような女性は俺の最も嫌いなタイプだった。

「覚えてくれて嬉しい～！　そういえば、先生ってまだ独身ですよね？　今度、合コンしませんか？」

「そういうものに興味はない。遠慮しておく」

俺の答えに高山さんは眉間に皺を寄せて、不服気な顔をする。

「どうして一ノ瀬さんは良くて、あたしはダメなんですかぁ？」

「それはどういう意味だ？」

聞き返すと、高山さんはふっと勝ち誇ったように口元を歪ませて、意味ありげな表情を浮かべた。

「この間、新堂先生が看護師たちにフィナンシェをお土産に配ったたって聞いて。その日、一ノ瀬さんも同じメーカーのお菓子持ってきたんですよねぇ。それって、そういうことですよね？」

「悪いが、プライベートな質問には答えたくない」

俺の言葉に高山さんはムッとしたようなしかめっ面を浮かべた。

「どうせ遊びなんですよね？　新堂先生ともあろう人が、一ノ瀬さんなんかと本気で付き合うわけないですもんねぇ」

「君は何が言いたいんだ。彼女を侮辱するようなことを言ったら許さない」

美愛との付き合いが遊び……？

何を根拠にそんなことを？

「あの子、真面目だし退屈でしょ？　ああいう子ほど本気になったら厄介ですよ？　その点、あたしは遊びだっていいし、割りきった関係でもオッケーですけど」

「勝手なことを言うのはやめろ」

押し殺した声に怒りが滲む。奥歯を痛いぐらいに噛みしめて、必死に平静を保とうとする。

「ていうか、ちょっと小耳に挟んだんですけど」

「何をだ」

俺を挑発するような不敵な笑みを浮かべた高山さん。

「新堂先生って、実は……」

最後まで言い終える前に「高山さん、久しぶり」と現れた結城が会話に割って入ってきた。

「あっ、結城先生～！　お久しぶりですぅ」

さっきの不穏な空気とは一転し、満面の笑みの高山さん。ワントーン高い、鼻にかけた声を上げる。

「今日も高山さんは元気だね」

「結城先生に会えたら、誰だって元気になっちゃいますよぉ～」

照れたように身体を揺らしながら、上目遣いで結城を見上げる。

「ねぇ先生、今度ふたりでどっか遊びにいきませんかぁ？」

結城の白衣の袖を指先で引っ張り、媚びを売る高山さんに白目をむきそうになる。

「俺ね、高山さんみたいに可愛い子とデートすると、緊張しちゃってダメなんだよ。そういうところ見られて幻滅されたくないから、ごめんね」

「も〜、結城先生ってば！」

高山さんは『可愛い子』の部分に反応したのか、あからさまに顔を赤らめ口元を緩ませる。それどころか、馴れ馴れしく結城の腕をベタベタと触る彼女に嫌悪感すら抱いた。

すると、結城は「ごめん」と両手を顔の前で合わせた。

「話の途中で悪いけど、急ぎの用があるから新堂のこと借りるね。午後も仕事、頑張ってね」

「はぁ〜い！　頑張りまーす」

高山さんに笑顔で手を振る結城。俺はやれやれと高山さんに小さく頭を下げると、先に歩きだした結城のあとを追った。

「おい、急ぎの用ってなんだ？」

横に並んで問いかけると、結城は「そんなのないけど」と平然と答えた。

「なんか新堂が困ってそうな感じだったから」

結城はこういう細かなところに気が回る。そういうところが、女にモテる要因のひとつだ。

「ああ、お前のおかげで助かった。ありがとう」

「高山さんって院内の情報通だから、下手に敵に回さないほうがいいぞ。女の子は怖いからねぇ」

「怖いとか言いながら、軽くあしらってたくせに」

「下手に期待をもたせるほうが可哀想でしょ。こういう優しさもあるんです。誘いはハッキリ断ったけど、嫌な気持ちにはさせてないよ」

結城はそう言うと立ち止まり、ニッと笑った。

なぜかそこはエレベーターの前だった。

「一階のカフェのコーヒーとマドレーヌ。買ってきたいんだけど、今からやることがあってどうしても行けないんだよ。ああ、腹が減った。お前は今から休憩……だよね？」

なるほど、そういうことか。結城の芝居がかった演技に呆れて苦笑する。

「コーヒーとマドレーヌだな」

「コーヒーはアイスね。ついでにマフィンもあったらよろしく」

しれっと言う結城。「これでさっきのチャラな？」と尋ねると結城は「もちろん」と微笑んだ。

エレベーターが到着して、ひとりで乗り込む。

『新堂先生って、実は……』

高山さんはいったい、何を言いかけたんだろう。

彼女の不穏な言葉に、心の中が妙にざわついた。

第七章　それぞれの想い

八月上旬。仕事を終えて一歩外に出ると、途端に汗が噴き出した。アブラゼミが暑さを掻き立てるように激しく鳴いている。もう夕方だというのに、半袖のシャツから出た腕がジリジリと焼かれているように熱くなる。

うだるような暑さにうんざりしながら歩いていると、涼介さんから学会が早く終わったと連絡が入った。

涼介さんを夕食に誘い何が食べたいか尋ねると、和食をリクエストされた。途端に軽くなった足取りで家の近くのスーパーに向かいながら、頭の中で夕飯の献立を考える。

そんな時間すらなんだか幸せで、スーパーに着くとウキウキとした気持ちでカートを押した。

買い物を終えてアパートに帰ると、すぐにエプロンをして夕飯の準備をはじめた。

日々の仕事とうだるような暑さで疲れていることを考え、主食はさっぱりと食べられて栄養価の高い鶏ささみの梅シソ巻にした。副菜には、油揚げの巾着たまごと、オクラやミニトマトなどの夏野菜を手製の甘辛だれであえたサラダにした。

お皿に盛りつけたタイミングで我が家に着いた涼介さんに、食事を振る舞う。

いただきますと、行儀良く両手を合わせると、鰹節《かつお》と昆布で出汁《だし》をとったなめこ入りの味噌《みそ》汁を口に運んだ。

「美味い！」

ひと口食べた涼介さんは、ぱあっと表情を明るくした。

「いつも作ってもらってる弁当も美味いし、美愛は料理の天才だな」

「それは、褒めすぎです！」

「美味すぎるんだから仕方ないだろう」

「おかわりもあるので、たくさん食べてくださいね」

「ありがとう。美愛も一緒に食べよう」

「はい」

付き合いはじめてから、私の日々は幸せに満ち溢れている。

涼介さんはとてもマメで、忙しい仕事の合間を縫っては連絡をくれて、ふたりの時間を作ろうと努力してくれている。

『大切にする』という言葉どおり、私は涼介さんに大切にされていると実感できた。

「そういえば、もうすぐお盆休みだけど、美愛は実家に帰るの？」

デザートの桃までぺろりと平らげた涼介さんが尋ねた。

「一応その予定です。涼介さんはお仕事ですか？」

毎年、八月中旬にあるお盆の四日間は、実家に帰省していた。

「一日ぐらいは休みが取れそう」

「えっ。その日、会いたいです！」

前のめりになりながら言うと、涼介さんは笑った。

「無理しなくていいよ。俺にはいつでも会えるし。たまには実家でお父さんとゆっくり過ごしなよ」

「そう、ですね……」

確かに、お盆は父のそばにいてあげたい。毎年帰省して母のお墓へ行くのが恒例になっていた。

「まあ本音を言うと、俺も美愛に会いたいんだけどね」

涼介さんはその言葉のあと「あっ、それならいっそ俺も美愛の……」と何やらボソボソと呟いた。

「涼介さん？」

「いや、ごめん。まだ正式に休めるか、決まったわけじゃないから」

「あんまり無理しないでくださいね」

「大丈夫。疲れたらこうやって、美愛の手料理を食べさせてもらうから」

「ふふっ、いつでもどうぞ」

涼介さんの喜んでいる顔を見られるなら、いくらでも料理の腕を振るおう。もっとたくさんの料理を覚えて、それを食べてもらいたいな。

食事を終えると涼介さんは「俺にはこんなことしかできないから。ゆっくりして」と洗いものを担当してくれた。腕まくりをして洗いものをする涼介さんの後ろ姿をソファに座りながら眺めていると、どうしても顔がにやけてしまう。

結婚したらこんな感じなのかな。涼介さんならきっと、いい旦那さんになってくれるに違いない。

「終わったよ」

「ありがとうございました」

洗いものを終えた涼介さんは私の隣に座り、腰に腕を回した。

グッと引き寄せられて、互いの身体がピッタリとくっつく。

「美愛……」

名前を呼ばれ顔を向けると、涼介さんの視線が私の目から唇に移動した。

それが合図かのように、顔を傾け涼介さんはキスをした。

甘く優しいキスのあと、口の端からするりと涼介さんの舌が入ってくる。腰が砕けそうなほどの激しいキスに、もう息もうまくできない。

「涼介さ……んっ」

身体から力が抜けていく。そのままソファに押し倒されたとき、ふと我に返る。

「……ダメッ」

涼介さんの部屋と違って私のアパートは遮音性が低い。ここでしたら、お隣まで聞こえてしまうかもしれない。

「ん？　ダメなの？」

意地悪なことを言いながら、耳朶《みみたぶ》を甘噛みされる。これから涼介さんに与えられるであろう甘い刺激を想像すると、下半身がどうしようもなく疼きはじめる。

「どうしてほしい？」

「んっ……」

私の反応を楽しむように、涼介さんの右手がするりと服の間から滑り込む。

「ちゃんと言ってくれないとやめちゃうよ？　いいの？」

涼介さんは私の弱い部分を知り尽くしている。そこばかりを責められて、抗う術を失う。

顔を真っ赤にしながら、手のひらで口元を覆って、押し寄せてくる快感に耐える。

「ああ、そういうことか」

すると、涼介さんが納得したように呟いた。

「俺も、美愛の可愛い声は他の人に聞かせたくない。だから、こうしよう」

涼介さんはキスで私の口を塞ぐ。

「こうすれば聞こえない」

いけないことをしているという背徳感に、いつも以上に気持ちが高揚する。

涼介さんはそれを楽しむように、普段よりも激しく私を指と舌の両方で刺激する。

「声がでちゃ……っ。涼介……さん……っ、キス、して」

「じゃあ、美愛からして？」

「意地悪っ！」

込み上げてくる快感の波に、うまく息すら吸えない。

「そんな潤んだ目で見つめられたら、逆効果だ」

「……っ、もう我慢できません……」

涼介さんの首にしがみついて、キスをせがむ。すると、涼介さんはニッと笑って敏感な部分に触れた。

「ダ……メッ」

羞恥心でいっぱいになりながらも、私は助けを求めるように、涼介さんに唇を重ね合わせた。

クーラーの効いた室内にいるのに、私の身体は興奮で汗ばんでいた。

「ダメだ、俺のほうがもう限界だ」

涼介さんは情欲を隠すことなく、荒い呼吸を繰り返す。

「愛してるよ、美愛」

この夜もまた、私は涼介さんに心も身体も愛し尽くされた。たっぷり甘やかされ、愛してると囁かれ、これ以上ない幸福に包み込まれたのだった。


それから数日が立ったある日の昼休み。

なぜか食欲がわかずお弁当をほとんど残してしまった。胃の奥に違和感もあり、少し気分も悪い。

お腹を摩りながら少し早めに医事課に戻ると、高山さんと数人の取り巻きの事務員が言葉を交わしていた。

「えっ、新堂先生って許嫁《いいなずけ》がいるの⁉」

その言葉に、私はとっさに固まった。頭を突然ガツンッと殴られたような衝撃だった。

声のするほうへ視線を向けると、高山さんと目が合った。彼女は口の端をクイッと持ち上げて意地悪な笑みを浮かべる。

「そう。しかも、相手は幼なじみで、同じ外科の医師なんだって！」

高山さんが得意げな様子で続けた。

「えっ、それって生井麗子《なまいれいこ》先生のこと？」

「そう。両家ともに公認で、あとは籍を入れるだけみたい。新堂先生が日本に帰ってきたのも、麗子先生と結婚するためだって」

嘘だ……。涼介さんに許嫁がいるなんて。噂好きの高山さんの作り話だ。

そうやって必死に自分を励ましても、心臓はドクンドクンッと音を立てて鳴りだし、サーッと血の気が引いていく。

「ふぅん。許嫁がいるから、うちらには塩対応だったんだ」

「そういうこと。でも、許嫁の存在を知らずに勘違いして、新堂先生にちょっかい出してる女もいるの。絶対結婚できないのに、可哀想じゃない～？」

高山さんは、あからさまに私のほうを見て言った。

「うわ、それは最悪だわ。都合のいい女にされてるだけじゃん」

高山さんに何か吹き込まれたのか、私に哀れみと軽蔑の入り交じった視線を投げかけてくる取り巻きたち。

心臓が軋んだように痛んで、うまく呼吸ができない。

「でしょ～？　遊ばれてるだけなのにね」

追い打ちをかけるように放たれた高山さんの言葉に、思考が霧散して何も考えられなくなった。

どういうこと……？

頭の中が混乱する。

涼介さんから許嫁の話など、一度も聞いたことがない。

それだけじゃない。私はこの病院に、涼介さんの幼なじみである医師がいるということすら知らない。

……何も聞かされていない。

「……っ」

グッと唇を噛みしめる。

付き合っているとはいえ、私は涼介さんのことを何も知らないんだと思い知らされる。もちろん、涼介さんのこれまでの女性遍歴《へんれき》など知る由《よし》もない。

彼女の自分よりも、高山さんのほうが涼介さんのことを知っていることに、ショックを受ける。

それに……もしも高山さんの話が本当だったとしたら、私はとんでもないことをしていることになる。許嫁の人がいるというのに、涼介さんと……。

「高山さんって、ほんと人の噂話が好きですね。それ、事実なんですか？　もし違ったら？」

茫然と立ち尽くす私の隣にやってくると、須藤さんが声を上げた。

「ハァ⁉　本当のことだから」

「噂なんて信憑性《しんぴょう》のないもの言いふらしてると、信用なくすし、あとで痛い目見ますよ？」

「何よ！　年下のくせに生意気な！」

須藤さんの言葉に、高山さんはワナワナと怒りに唇を震わせる。

「一ノ瀬さん、ちょっといいですか」

耳打ちされた私は須藤さんを追い、医事課をあとにした。

須藤さんについていき、まだ患者のいない待合室のほうへ移動する。

「一ノ瀬さん、大丈夫ですか？」

「……うん」

露骨に落ち込む私を、須藤さんは心配そうに見つめた。

「高山さんが言ったこと、気にしないほうがいいですよ」

涼介さんと付き合うようになったことを、応援してくれていた須藤さんにだけは報告していた。だから、見かねて助け舟を出してくれたのだろう。

「うん。ありがとう」

須藤さんをこれ以上心配させないために、取り繕うように笑みを浮かべる。

本当は心中穏やかではない。今も胸が張り裂けてしまいそうなぐらい痛い。

高山さんの話がすべて嘘だったら、どれだけいいだろう。

「ねえ、須藤さん。高山さんの話……どこまで本当なんだろう？」

尋ねると、須藤さんは言葉を選んでいるのか、ゆっくりと答えた。

「正直、私にもわかりません。ただ、外科に女性の医師がいるのは確かです」

「生井麗子先生って……もしかして、高身長でこげ茶色のショートボブ？」

「確か、そうです」

何度か院内で見かけたことがある。モデルのようにスタイルのいい医師だなと思った記憶がある。

「あの人が涼介さんの……」

ふたりが一緒にいる場面を想像するだけで、胸が締めつけられる。

「一ノ瀬さん、まだ新堂先生に許嫁がいるって決まったわけじゃないですよ。直接、新堂先生に聞いたほうがいいと思います」

「そう、だよね……」

「私にできることがあれば、いつでも言ってください。頼りにならないかもしれませんが、話を聞くことならできますから」

「ありがとう」

須藤さんに励まされ、私はなんとか気持ちを切り替えて午後の仕事に臨んだ。

「お疲れさまでした」

「あ、一ノ瀬さん！」

終業時間になり医事課を出ようとしたとき、主任に呼び止められた。

「帰ろうとしてるところ悪いんだけど、これ外科の新堂先生に渡してもらえる？」

「……はい、わかりました」

普段だったら嬉しいはずなのに、今はひどく複雑な気持ちになってしまう。

「悪いね。よろしく」

渋々書類を受け取り、医事課を出てエレベーターに乗り込む。気持ちを落ち着かせるために、一度大きく息を吐く。

できるだけ普段どおりに振る舞おう。そう決意して外科のある階のボタンを押したとき、閉まりかけた扉を開けて誰かが乗り込んできた。

「……涼介さん」

驚きで、思わず声を漏らす。

なんで今なの……。まだ、心の準備ができていないのに……。

「やっぱり美愛だ」

スクラブ姿の涼介さんは嬉しそうに笑う。

でも、私はとっさに目を逸らしてしまった。

「どうした？　何かあったのか？」

私の態度を不思議に思ったのか、涼介さんが心配そうに顔を覗き込んだ。

エレベーターの扉が閉まり、密室の中でふたりっきりになる。

「これ、主任からです」

封筒に入った書類を渡すと、「美愛」と優しく呼ばれる。

「俺に言いたいことがあるんじゃないの？」

「それは……」

「もし何かあるなら、ひとりで抱え込まずに言ってほしい」

私の様子がおかしいことを瞬時に悟ったのか、涼介さんは穏やかな口調で言った。

このままじゃダメだ。逃げずにちゃんと聞かなくちゃ……。

高山さんの噂話が本当なのかどうかを。

それに、涼介さんは誠実な人だ。許嫁がいたとしたら、私に付き合おうなどと言ったりしないはずだ。

大丈夫。きっと違うと言ってくれる。

エレベーターが動きだしたタイミングで、私は勇気を出して切りだした。

「涼介さんに、幼なじみの許嫁がいるって本当ですか？」

「え……？」

途端、涼介さんが動揺したのがわかった。一瞬、微妙な沈黙に包まれたあと、返答に困ったように視線を左右に揺らす。

「どうしてそれを……？」

「医事課で噂になっているのを聞いてしまって……。やっぱり本当なんですか？」

涼介さんは返答に迷っている様子だった。こんなふうに歯切れの悪い涼介さんを見たのは、初めてだった。

「許嫁……。確かに形式上はそうなっている」

「そんな……」

あまりの絶望に打ちひしがれる。高山さんが言っていたことは本当だった。涼介さんには許嫁がいたんだ。その事実に、目の前が真っ白になる。

「涼介さんは……許嫁がいるのに、どうして私と付き合おうなんて言ったんですか？」

「違う！　これには事情があるんだ。麗子は……」

涼介さんはそこまで言いかけて、ハッとしたように口をつぐんだ。

愛する人が自分以外の女性の名前を呼ぶことが、こんなにも辛く苦しいだなんて知らなかった。とても平静ではいられず、唇を震わせながら涼介さんを見上げる。

「許嫁の方って、やっぱり涼介さんと同じ外科の生井麗子先生なんですね」

「すまない、美愛。俺は……」

涙がこぼれそうになり、グッと奥歯を噛みしめて必死に耐える。タイミング良くエレベーターが外科のある階に着き、扉が開いた。

その瞬間、目の前にはスラリと背の高い女性が立っていた。見覚えのある綺麗な顔、茶色いショートボブ。

白衣につけられたプレートには【生井麗子】の文字があった。

この人が、涼介さんの許嫁……。

「あらっ、涼介。ちょうど良かったわ。部長が明日の手術のことで話があるみたい」

「……ああ、わかった。今行く」

エレベーターを降りると、涼介さんが振り返った。

「あとでちゃんと話そう。連絡するから」

私は何も答えずに、一階のボタンを押した。

お願い、早く閉まって……！

なかなか閉まってくれないエレベーター扉にしびれをきらして、【とじる】ボタンを連続で押す。

「あら、ごめんなさい。話し中だった？」

「いや、なんでもない」

「それならいいけど……」

麗子さんがジッと射貫くような視線を、私に向けた。許嫁の麗子さんからしたら、私の存在は不愉快なものに違いない。

扉が閉まると、堪えていた涙がポロリとこぼれた。

「っ……」

現実を突きつけられた。

高山さんの噂が嘘だったら、どんなに良かったか……。

この日の終業後、私はどうやって帰ってきたのか、ほとんど記憶がない。

なんとか家に辿り着いた私は、ベッドにうつぶせになり、声を上げて泣いた。

涼介さんには麗子さんっていう許嫁がいた。それを知らずにひとりで舞い上がっていたなんて。

うちのキッチンで洗いものをする涼介さんの後ろ姿を見つめながら、結婚したらこんな感じなのかなと未来を思い描いてしまっていた自分が、あまりにも惨めだ。

私と涼介さんに、これから先の未来などなかったのに。

まるで天国と地獄だ。

涼介さんから大切にされて、これ以上ない幸せを感じていた私は今日、呆気なく地獄に突き落とされた。

「私はただの、都合のいい女だったのかな……」

涼介さんと出会ってから、思い上がってしまっていた。

なんの取り柄もない私が、涼介さんのように素敵な人と幸せになろうだなんて、おこがましかったんだ。

付き合ってから、自信をもって涼介さんの隣を歩きたいとメイクや髪型を変えて自分磨きを頑張った。

少しでも、涼介さんに似合う自分になりたかったから。

でも、それもすべて無駄だったんだ。

「私……どうしたらいいの……」

許嫁がいる涼介さんと、これから先、付き合っていくことはできない。

わかっているものの、心の中では涼介さんを信じたいという気持ちもまだ残っている。

でも、今日の涼介さんの動揺がすべてを物語っていた。

涼介さんへの想いは簡単に消えてくれたりはしない。ふたりで過ごした幸せな日々を思い出すと、心が揺らぐ。

胸が痛い。涙はとめどなく溢れ、枕を濡らした。

泣き疲れて眠ってしまった私は翌日、目を腫らしたまま出勤することになった。

精神的なショックからか相変わらず食欲はなく、今日にいたっては身体のダルさまで感じる。

「一ノ瀬さん、顔色が悪いですよ。今日は帰ったほうが……」

須藤さんは私の顔を見るなり、心配そうに声をかけてくれた。

「ううん、大丈夫。ありがとう」

必死になって笑顔をつくる。

須藤さんに話を聞いてもらいたいけれど、今の私には昨日の出来事を話す余裕すらなかった。

昨日の夜、何件か涼介さんからの着信が残されていた。気づいていたのに、出ることができなかった。

涼介さんの話を、今の精神状態ではまともに聞ける自信がなかった。

「ちょっと、アンタすごい顔してるけど、どうしちゃったのよ」

受付の準備をしていると、隣にやってきた高山さんが私の顔を見てあからさまにギョッとした表情を浮かべた。

「もしかして、新堂先生となんかあったの？」

私が何も答えずにいると、高山さんは嬉しそうに言った。

「やっぱりそうなのね？　ま、しょうがないわよ。あたしたちみたいなただの事務員は、医者みたいなハイスペには相手にされないの。遊ばれて終わりよ」

今は高山さんの嫌味を聞き流すことができず、すべてをまともに受け止めてしまう。

「いい勉強ができて、良かったじゃない」

暗い表情の私とは対照的に、高山さんは目尻をこれでもかというぐらい下げて、こぼれるような満面の笑みを浮かべた。そして、機嫌良く鼻歌交じりに、普段は人任せにしている受付の掃除を率先してはじめた。

「ハァ……」

どうしたらいいのだろう。このまま涼介さんを避け続けるわけにはいかない。一度きちんと話し合いの場をもつべきだ。

そんなことを考えていると、始業開始時間の前に白衣を着たスラリと背の高い男性が医事課にやってきた。

「おはようございます」

「ああ、おはよう」

綺麗なグレイヘアで品のある男性は、この病院の院長……、涼介さんのお父さんだった。

「朝の忙しい時間に悪いね。これ、あとでみんなで食べてくれ」

院長が差しだしたのは、都内の限定店舗でしか購入できない有名洋菓子店のミルフィーユだった。

「わぁ〜、ありがとうございます。さすが院長先生！」

高山さんは我先に手を差し伸べてお土産を受け取ると、盛大に院長を褒めたてる。

受付がいつもより賑《にぎ》やかなことに気づいて、医事課の奥から主任が姿を現した。

慌てて院長に歩み寄って丁寧に挨拶をしていると、そんなのはお構いなしに、高山さんが口を挟んだ。

「そういえば麗子先生って、新堂先生の許嫁だって本当ですかぁ？」

「ちょっ、高山さん。不躾《ぶしつけ》なことを聞くんじゃない！　失礼だろう」

主任は目を白黒させたあと、声を潜めて窘める。

「え〜、だって噂になってるし、気になるじゃないですか」

高山さんは飄々《ひょうひょう》として、答えを急かすように院長をジッと見つめた。医事課の人間の意識が院長に向く。私は固唾を呑んで、院長の言葉を待つ。

お願い……。違うと言って……。必死に心の中で祈る。

すると、院長は観念したようにこう言った。

「確かに、涼介と麗子ちゃんは両家公認の許嫁だよ」

「やっぱり！　いつ頃、入籍予定なんですか？」

パチンッと胸の前で手を合わせて、ぱあっと表情を輝かせる高山さん。

「さあ、どうなんだろう。でも涼介ももういい年だし、できるだけ早く結婚してほしいとは思っているよ」

院長は落ち着いた口調でそう言った。

「ですよねぇ」

「麗子ちゃんは外科医としても優秀だし、涼介にはもったいないぐらい素敵な女性だよ」

「おふたり、とってもお似合いだと思いますよ〜！　院長も、新堂先生が麗子先生と結婚したら安心ですよね？」

「まあね。ただ、決めるのは本人たちだから。外野がとやかく言っても仕方がないしね」

わずかに残っていた希望が、打ち砕かれた瞬間だった。

やっぱり涼介さんと麗子さんは、許嫁だった。両家公認の許嫁のふたり。最初から私に入り込む余地なんてなかったんだ。

唇を震わせながら俯いて、必死に涙を堪える。耳を塞いでしまいたい。これ以上、ふたりの会話を聞いていたくない。

「じゃあ、これで。今日も一日よろしくお願いします」

院長が医事課から出ていくと、高山さんが私の元へ歩み寄って、ポンッと肩を叩いた。

「そういうことだから、もう吹っきりなさいよ。そんな暗い顔して隣で仕事されたら、あたしまでどんよりした気持ちになっちゃう」

高山さんの言葉は正しい。

このまま暗い顔をしていたら仕事にも支障をきたす。

私はボロボロの精神状態になりながらも必死に気持ちを切り替え、業務に当たったった。

「私……どうしちゃったんだろう」

一日の仕事を終え、鉛のように重たい身体を引きずりながら医事課を出て更衣室へ向かう。おでこに手を当てると、なんとなく熱っぽい。身体の火照りやダルさもそのせいだろうか。追い打ちをかけるように、窓から差し込む強烈な西日が降り注ぐ。

途中、静かだった廊下の奥からガラガラと何かを引きずるような音がした。緊急の患者対応のためか、慌ただしくストレッチャーを押す看護師たちがこちらへやってくる。

道を譲ろうと廊下の隅に寄ると、看護師たちが足早に通り過ぎていった。

途端、急に胃の奥が押し上げられるような感覚に見舞われて、その場で立ち止まる。手すりに手を伸ばすと、手のひらにひんやりとした感覚が広がった。ギュッと手すりに掴まって耐えようと思ったものの、足元がおぼつかなくなりぐらりとよろける。そのとき、背後からパタパタという乾いた足音が近づいてきた。

「ちょっと、大丈夫？」

サッと差しだされた腕が、倒れそうになる私の身体を支えた。

「すみません……。ありがとうございます」

顔を持ち上げたとき、そこにいたのは白衣姿の麗子さんだった。首からは医療用と記された赤いネックストラップを下げている。

麗子さんは細い右腕で私の身体を支えながら、顔を覗き込む。

「あなた、顔色が悪いけどどこか具合でも悪いの？」

「あっ、いえ……。少し疲れているみたいで」

「そう。食欲は？　ちゃんと食べないとダメよ？」

言い当てられて、困ったようにわずかな笑みを浮かべることしかできない。昨日から食欲がわかず、今日も一日何も口に入れていない。

「ここじゃ転倒の危険もあるし、こっちに座って。少し休んだほうがいいわ」

支えられながら待合室にある三人掛けのロビーチェアに座ったとき、麗子さんのＰＨＳが鳴った。「ちょっと、ごめんなさい」と断ってから、白衣の胸ポケットから取りだしたＰＨＳを耳に当てる。

「はい、生井です。……そうね、それでいいわ。よろしくお願いします」

背筋を伸ばしてハキハキと話す麗子さんの姿に、目を奪われる。外科医としてだけでなく、見ず知らずの私のことまで気遣ってくれるなんて。

けれど、麗子さんの優しさが今の私には辛かった。

涼介さんと麗子さん。あまりにも完璧でお似合いなふたりに、私なんかが太刀《たち》打ちできるはずがないと思い知らされる。

「あらっ、もしかしてあなた、この間、涼介とエレベーターに乗ってた子？」

電話を終えてPHSを白衣の胸ポケットに押し込むと、麗子さんがまじまじと私の顔を見つめた。

つるんとしていて張りのある丸みを帯びたおでこ。均等に生え揃っている長いまつ毛はクルンッと綺麗なカーブを描いている。

「……はい」

小さく頷くと、麗子さんはパンッと手を叩き「やっぱり！」と微笑んだ。

私は硬い表情のまま、膝の上の手のひらをギュッと痛いぐらいに握り締めた。

麗子さんの口から『涼介』という名前が出ただけで、胸がズキズキと痛む。幼なじみで許嫁の麗子さんがそう呼ぶのは、当たり前のこと。

わかっているのに、心の中がモヤモヤして、どうしようもなく苦しくなる。

「ちょっと、失礼するわね」

ベージュ色のロビーチェアの隣に浅く腰かけると、麗子さんは身体をこちらに向けた。距離が縮まり、麗子さんからふわりとせっけんのようないい匂いがした。

「あのときは話に割り込んだみたいになって、ごめんなさいね」

「いえ、そんなことありません」

むしろ、ふたりの関係に割り込もうとしていたのは私のほうだ。謝るべきは、麗子さんじゃない。

「あの……おふたりは幼なじみなんですよね？」

恐る恐る尋ねると、麗子さんは気さくに答えてくれた。

「あらっ、よく知ってるわね。涼介とは子供の頃から家族ぐるみの付き合いだったの。涼介が日本に帰ってきて、こうやって一緒に働けてすごく嬉しいわ」

ニコッと笑みを浮かべる麗子さんは、女である私から見ても魅力的だった。

一見すると気が強そうな美人だけど、それを鼻にかけることなくこうやってフレンドリーに言葉を交わしてくれる。

「そういえば、名前聞いてなかったわね。私は外科医師の生井麗子です。あなたは？」

「医事課の一ノ瀬美愛です」

「美愛ちゃん、ね。覚えたわ。そういえばこの間来た患者さん、受付の対応がいいって褒めてたわよ」

「あ、ありがとうございます」

『美愛ちゃん』と突然名前を呼ばれて、面食らう。なんとか笑顔を繕おうと努めても、どうしても顔が引きつってしまう。私の心はどんよりと曇っていて、泥水のように濁ったままだ。

すると、麗子さんはさらに私のほうに身体を向けると、しゃんっと姿勢を正した。

何か大切な話をされると悟り、ごくりと唾を飲み込んで麗子さんを見た。

麗子さんの細い首につけられている、小さなダイヤのついたネックレスがキラリと光る。

「つかぬことを聞くけど、付き合ってる人はいるの？」

「え……」

「ちなみに涼介とは、どういう関係？」

間髪いれずに矢継ぎ早に聞かれ、私は視線を左右に泳がせた。麗子さんの表情から、その意図は読み取れない。涼介さんとの関係に勘づいて、私を牽制しているのだろうか。それとも……？

必死に考えを巡らせる。きっと、今ならまだ引き返せる。

本当はまだ気持ちを整理できていないし、涼介さんへの想いもある。だけど、涼介さんへの気持ちにはもう蓋をしなくてはいけない。

涼介さんのことも麗子さんのことも、傷つけたくない。私が我慢すれば、きっとすべてが丸く収まる。

「付き合っている人はいません。新堂先生とは、ただの医師と事務員という間柄です」

言葉を選んで、ゆっくり答える。

「あらっ……。そうなの？」

「はい」

意外そうな表情を浮かべた麗子さんは、椅子に深く腰かけ直した。そして、腕を組んで手で顎に触れ、「うーん」と何やら考え込む仕草を見せた。

「涼介ってね、子供の頃からポーカーフェイスであまり感情を表に出すタイプじゃないのよ」

「……そうなんですね」

「でも、昔から幼なじみとして涼介のことを間近で見てきたから、涼介が何を考えているのか、大体のことはわかるつもりよ」

麗子さんは何が言いたいのだろう……。

これ以上、麗子さんとの話を聞ける余裕は私には残されていなかった。

「この間、エレベーターを降りたあとにね……」

「すみません。少し具合が良くなってきたので、そろそろ行きますね。いろいろありがとうございました」

言葉を遮るように立ち上がり、お礼を言う。

すると、麗子さんもつられるようにして立ち上がった。

「あら、そう。もし体調不良が続くようなら、専門の医師にちゃんと見てもらったほうがいいわよ?」

「はい。そうします」

「そうだ。これ、あげる」

そう言って麗子さんは、白衣のポケットから取りだした四角い形のミルクチョコレートを私に手渡した。

「最近、チョコレートにハマってこればっかり食べてるの。今度おススメがあったら教えてね」

柔らかい笑みを浮かべると、麗子さんは私に背を向けて歩きだす。モデルのように姿勢良く、胸を張って歩く麗子さん。非の打ちどころがないというのは、こういう人のことを言うのだろう。

やっぱり私じゃ、涼介さんと釣り合わない。颯爽と歩く麗子さんの姿をぼんやりと眺めながら、絶望感に打ちひしがれた。

暗い気持ちを引きずったまま、更衣室で着替えを済ませ病院の外に出ると、ポケットの中のスマホが震えていることに気がついた。

画面を見ると父の名前が表示されている。

「もしもし、お父さん？」

『美愛か……？』

声には明らかに覇気《はき》がない。

「もしかして具合悪いの？　大丈夫？」

『ああ。それで今日病院に行ってきたんだが、お父さんの病気あんまり良くないみたいでな』

「えっ……。今から行くから！　少し待ってて」

電話を切ると、私は駅に向かって駆けだした。

実家に着き、玄関扉に鍵を差し込もうとする手が震えた。郵便受けに入りきらなかった新聞が溢れて、玄関の前に落ちてしまっている。なんとか鍵を回して立てつけの悪い引き戸を開けると、私は脱いだ靴をそのままに家の中に飛び込んだ。

「お父さん！　大丈夫⁉」

真っ先に居間へ向かうと、予想どおり父は畳に敷いた布団の上で横になっていた。

冷房の入っていない部屋の中はひどく蒸し暑く、物が腐ったような異臭が漂っていた。

その臭いは、座卓に置かれた食べかけの料理が原因のようだ。

「悪いな、わざわざ」

「そんなの気にしないで。それで、先生はなんだって？」

畳の上に散乱するゴミをどかして座る空間を作り、父のそばに腰を下ろす。

父の顔色は明らかに悪く、思った以上に辛そうだ。

「今朝から少し胸の痛みがあって病院に行ったんだよ。そしたら少し悪くなっているみたいでな……。先生に手術以外に完治は不可能だと言われたよ」

「じゃあ、今すぐ手術を……」

「それはできない」

部屋の荒れっぷりから考えると、体調不良は少し前からだったのだろう。私に心配をかけまいと振る舞っているけれど、父の異変は明らかだった。

蒸し風呂のような部屋の中で私がダラダラと汗を流す中、寒気でもするのか、父は首元まですっぽりと毛布をかけている。

「どうして？　お金なら大丈夫だよ。私がなんとかするから」

「それがどうやら難しい手術らしくて、国内で手術できる医者が少ないらしい」

「そんな……」

確かに以前かかりつけ医から、父の病気が珍しいタイプだとは聞いた。でも、手術をしてもらえないなんて……。

「じゃあ、手術ができるお医者さんを探そうよ。ねっ？」

バッグの中に入っているスマホに手を伸ばす。すると、布団からスッと伸びてきた父の手が私を制止した。

「美愛、もういいんだ」

父の手のひらはひんやりとしていた。手の甲の皮膚は薄くなり、骨と血管がボコボコと浮き出ている。それを見て、胸に熱いものが込み上げてくる。

「良くないよ！」

すがるように言うと、父は諦めたように口を開いた。

「正直に言うと、お父さんは治る見込みがないなら、このままでいいと思っている。手術にはお金もかかるし、これ以上お前に迷惑をかけたくないんだ」

わかってくれというように、重なった手に力を込めた父。私は皺だらけになった冷たい手を温めるようにギュッと両手で握り締めた。

「どうして諦めるの？　私は迷惑だなんて思ったことないよ。私とお父さんはふたりっきりの家族でしょ？　お父さんがいなくなったら私、どうしたらいいの？」

目頭が熱くなって、鼻声になる。そんな私を父は潤んだ目で見つめていた。

「お父さんの一番の望みは、美愛が幸せになることなんだよ」

「わかってる。でも、私は絶対に諦めないから」

決意を込めて言うと、父は黙り込み口を閉ざしてしまった。


それから三日間、急遽《きゅうきょ》仕事を休み、私は父の看病や身の回りの世話に追われた。

父は体調が悪いことで気が滅入り、精神的にも不安定になっていた。それをほおっておくことはできなかったし、何よりもしものことがあったときのため、そばにいてあげたかった。

涼介さんからの連絡は続いていた。でも、私は頑《かたく》なにそれを拒んだ。

私と涼介さんは、このまま関係を終わらせるべきだ。

今もまだ涼介さんへの気持ちが残っているからこそ、一度声を聞いてしまえば離れられなくなってしまいそうで怖かった。

「お父さん、朝ご飯できたよ。食べられそう?」

「ああ」

横になっていた父が、ゆっくりと身体を起こした。それを気にかけながら、焼き魚やお漬物、豆腐のお味噌汁を食卓に並べる。

そして、炊飯器を開け、ご飯をかき混ぜていたときだった。

「うっ……」

突然、強烈な吐き気を催して、トイレに飛び込んだ。

何か良くないものでも食べたかな……?

胃のあたりを摩りながら居間へ戻ると、馴染みのガス会社からもらった壁掛けの大判カレンダーがふと目についた。

「あれ……? 最後の生理っていつだっけ……」

慌ててスマホのスケジュールを開いて確認すると、もう三か月ほど生理が来ていない。数日ずれることはあっても、定期的に来ていたはずなのに。

まさか……。

思い当たる節はあった。涼介さんと初めて結ばれた日、避妊具をしていなかった。つけていなかったのは、あの日だけだ。

それに、よく考えてみれば少し前から食欲がなくなり、身体が重く、ダルさもあった。

さっきの強烈な吐き気も、そう考えれば納得がいく。

再びキッチンに立つと、炊飯器を開けてしゃもじを握る。

「お父さん、朝食が終わったらちょっと出かけてくるね。用が済んだらすぐに帰ってくるから」

私は、胃のムカつきを必死に抑えながら、ご飯をよそった。


家の近くの停留所からバスに乗り込み、十分ほどで近所の産婦人科に着いた。薄ピンク色の建物に入ると、待合室には数人の妊婦さんの姿があった。

「おめでとうございます」

尿検査と内診のあと、診察室に通された私は医師に笑顔でそう告げられた。お腹の中の超音波写真を渡される。

それを受け取る私の手は、小刻みに震えていた。

「私のお腹の中に……赤ちゃんが……？」

信じられない。まだ膨らんでいないお腹にそっと手を添える。

この中に、涼介さんと私の赤ちゃんがいるの……？

「ええ。順調に成長しています。もう四か月なので、体調のいい日に母子手帳をもらってきてくださいね」

出産予定日は二月の中旬らしい。

ひととおりの説明を受けて診察室を出ると、会計待ちのために椅子に腰かける。私は白黒の写真をじっくりと眺めて、白く映る赤ちゃんをそっと指で撫でた。

まるで夢のよう。まさか本当に妊娠していたなんて。

でも、これは現実で、確かに私のお腹の中には新たな命が宿っている。喜びと不安が、同時に込み上げてくる。

でも、それ以上に、私の元へやってきてくれた赤ちゃんを愛おしく感じた。

これから先、この子をどうやって育てていこう。

問題は山積みだ。

会計を終えて病院を出ると、真夏の日差しが照りつけ、眩暈がしそうなほど暑かった。来たときよりもさらに気温が上昇し、地面にユラユラと陽炎が立っている。バスの時間を確認すると、数分前に出発したばかりだった。次に来るのは三十分後だ。少し時間はかかるものの、強い日差しを避けて木陰の多い公園を抜け、歩いて帰ることにした。

その公園は、子供の頃に友達と一緒に遊んだ馴染みのある場所だ。滑り台やジャングルジム、ブランコなどの遊具は当時のまま残っている。けれど、どれもが新しく塗装され、記憶にはない色をしていた。

ちょうどお昼時だからだろうか。公園に人影はない。少しだけ休んでいこうという気になった。

樹木の枝が陰を作ってくれている、古びた木製のベンチに深々と腰かけたときだった。バッグの中のスマホが震えた。

画面には涼介さんの名前が表示されている。

あれから何度も連絡があったのに、私は涼介さんを避け続けていた。

涼介さんには許嫁がいるし、今までのように付き合っていくことはできない。わかっていたのに、弱い私はその事実から逃げていた。

心の底では認めたくなかったのだ。涼介さんと過ごした幸せな時間が、嘘だったのだと思いたくなかったから。

『愛してる』

そう言って私を優しく抱いてくれた、涼介さんの言葉を信じていたかったから。

だけど、もう逃げない。

このまま宙ぶらりんの関係を続けるのは、涼介さんのためにもお腹の赤ちゃんのためにも良くない。

だったらもう、私がすべきことはひとつだけだ。

私はスマホ画面をタップして耳に当てた。

「もしもし」

『美愛か？　俺だ。ようやく繋がった……』

ホッとしたように息を吐く涼介さん。

『仕事も休んでるし、心配してたんだよ。お父さんの体調が悪いのか？　それとも……』

「涼介さん」

私はスマホを持つ手にギュッと力を込めた。近くの太い木にとまってうるさく鳴いていたセミが飛び立ち、静かな時間が訪れる。

「私たち、もう別れましょう」

ハッキリとそう告げると、電話口の涼介さんが息を呑んだのがわかった。

『理由は？　麗子のことが原因か？』

「それだけじゃありません」

『俺に不満があるなら、なんでも言ってくれ』

涼介さんに不満なんてあるはずない。私にはもったいないぐらいの人だ。

そう思っていても、それを口に出すことはできない。私と涼介さんの関係は今日で終わりだ。鼻の奥がツンッと痛む。私は感情を抑え込むようにグッと唇を噛みしめた。

「院長も……涼介さんのお父さんも言っていました。涼介さんと麗子さんは両家公認の許嫁同士だって」

『父さんが？　いつ？』

「この間、医事課でそう言っているのを聞きました」

『美愛、そのことなんだが……』

涼介さんの言葉に被せるように、続ける。

「涼介さんに、許嫁がいたっていうことを知ったときはショックでした。でも、私がどう頑張ったって麗子さんには勝てっこないし、涼介さんにお似合いなのは、私ではなく麗子さんなんです」

木々の葉っぱの間から、眩しい光が差し込んで顔を照らす。顔を持ち上げると、雲ひとつない青い空が広がっていた。

『それは違う！』

涼介さんの低い声が鼓膜を震わせる。見上げた空が、ぼんやりと涙で滲む。

「私じゃ涼介さんには釣り合いません。もう涼介さんと付き合っていくことが、嫌になったんです。だから、別れてください」

突き放すように言ったその言葉のあと、涼介さんは沈黙した。電話口の奥からはかすかに、院内放送の音がする。

『美愛……、それは本当に君の本心なのか？』

汗をかいた手のひらを膝の上で握り締めた。

「本心です。今までありがとうございました。どうかお幸せに」

なるべく明るい口調でそう伝えたものの、私の笑顔はぎこちなく歪んでいた。電話で良かった、と心の底から思った。

『待ってくれ、美愛――』

私は涼介さんの言葉を最後まで聞かずに、一方的に電話を切った。

けれど、すぐにまた涼介さんから電話がかかってきた。

「ごめんなさい……涼介さん……」

胸がはちきれんばかりに痛み、涙がこぼれそうになる。でも、これで良かったんだ。

こうするしかなかった……。堪えようとしても、目の縁いっぱいに涙が盛り上がってくる。

スマホの電源を切って、バッグに押し込む。

ポロリと涙が溢れて慌てて拭うと、私はベンチから立ち上がり、家路を急いだ。


「美愛が……？　妊娠？」

病院から戻り妊娠した事実を伝えると、父はあまりの驚きに言葉を失っていた。座卓の上に置いたエコー写真と私を、交互に見つめる。

「うん。この子は、私ひとりで育てていくつもり」

妊娠がわかってすぐ、私はそう決意を固めた。涼介さんと別れても、お腹の中の赤ちゃんは私がひとりで産んで育てる。病状が悪化している父に心配をかけて申し訳ないという気持ちでいっぱいになるけれど、この子は私が必ず幸せにすると誓った。

「どうしてひとりなんだ？　相手は？」

「ごめん。言えない」

父は困惑したように、視線を宙に走らせる。そして、布団の上であぐらをかくと、真っ直ぐに私を見つめた。

「美愛。子供をひとりで育てるのは、思っている以上に大変なことだ。俺もできることは協力してやりたいが、この身体じゃ……」

「心配しないで。お父さんとお母さんが私を育ててくれたみたいに、愛情をたっぷり注いで育てるから」

本当は不安だ。だけど、そんなことは言っていられない。お腹の子にとって頼れるのは私だけ。私が強くならなければ、この子を幸せにしてあげることなどできるはずもない。

「……相手の人に話はしないのか？」

「うん」

「美愛は本当にこのままでいいのか？」

父の言葉に私は黙って頷いた。


夜になり、風呂上がりに父が寝ているのを見届けてから自分の部屋に入った。

部屋の中は、学生時代で時が止まっている。茶色く背の高い衣装ダンスや、サイズの小さなテレビがそっくりそのまま残されている。ひとり暮らしをはじめるときに一度整理はしたものの、子供の頃に大切にしていたぬいぐるみや、集めていた漫画雑誌の付録など、思い入れのあるものはどうしても捨てられなかった。

古くなった学習机に座り、産婦人科でもらったパンフレットに目を通す。

これからは、自分ひとりだけの身体じゃない。

栄養をしっかり摂って、体調管理にも気をつけよう。

そんなことを考えていると、意外な人物から電話がかかってきた。

「もしもし？」

『ちょっ、ちょっと！　突然三日間も休むなんて、どういうつもりよ！　アンタがいないせいで、業務が滞って困ってるんだから！』

電話口から届いたのは、高山さんの怒鳴り声だった。

主任には事前に欠勤の理由を話していた。けれど、父の病状が絡んだデリケートな話題のため、他のスタッフには詳しく伝えられなかったのかもしれない。

『さては、明日からのお盆休みに繋げるために三日間休んだんでしょ？　ズルいわよ！』

なるほど。確かに明日から病院はお盆休みに入る。

たまたまとはいえ、長期連休前に休みを取ったことが彼女の逆鱗《げきりん》に触れたらしい。

なぜか、高山さんは入社当時から私をライバル視して目の敵にしてくる。特に私の異性関係にはひどく敏感だった。

「実は今、実家にいるんです。うちの父、心臓に病気があって」

『えっ……。心臓に？　お母さんは？』

高山さんの声が突如、トーンダウンする。

「母は私が小学生のときに亡くなりました。私には兄弟もいないので、それで」

『そ、そう……。そういうことなら、もっと早く言えば良かったじゃない。そういう話聞いてたら、あたしだって……』

電話口の向こう側の高山さんが、珍しく言いよどんでいる。

「いえ。突然休んで、みなさんにご迷惑をかけてしまったのは事実なので……。ごめんなさい」

謝ると高山さんが、ハァと深いため息を吐いた。

『どうしてアンタが謝るのよ！　謝るのは……謝んなきゃいけないのは……』

「え……？」

『別に！　休み明け、無理して来なくてもいいから！　お父さんお大事に！』

何かを言いかけたあと、高山さんは一方的に電話を切った。

「いったい、なんだったんだろう……」

高山さんの意図がわからず、私は首を傾げた。

翌日、父を家に残して朝早く母のお墓参りに出向いた。

実家から徒歩数分の場所にある、先祖代々続く一ノ瀬家のお墓だ。母がまだ生きている頃は、何度となくこの場所に足を運んだ。そのため、お墓はいつも綺麗で手入れが行き届いていた。

『死んじゃったら、みんなここに入るの？』

まだ小学校へ上がる前、墓石を丁寧に磨き上げる母に何気なく尋ねると、母はふふっと笑った。

『パパとママは、ね。でも、美愛に大好きな人ができてその人と結婚したら、このお墓には入らないかな』

掃除を終えると、母はお線香を供えて墓石の前に腰を落とした。そして顔の前で両手を合わせ、長い時間拝んでいた。

『ママ、まだぁ～？』

ようやく目を開けた母に、幼かった私は不満を漏らす。

『ごめんね。ご先祖様に報告したいことがたくさんあったから』

そんな私の頭を、母は優しく撫でつけた。

あの日の母と同じように、お墓の掃除をしたあと、お線香を供えて、両手を合わせた。

父が病に倒れ、一緒に来られないことを報告する。そして、涼介さんとの出会いからお腹の子のことも母に伝えた。

長い間、拝んでいた。来たときよりも気温が上がり、背中にじっとりとした汗をかく。目を開けると、私は母の墓石を真っ直ぐ見つめた。

「ねえ、お母さん。私の選択は、間違いじゃなかったよね……？」

尋ねたとき、墓石の後ろにある塔婆《とうば》が風でガタガタと音を立てて揺れた。

母が何かを必死で伝えようとしている、そんな気がした。


家に帰ると、門の前で迎え火を焚《た》いた。迎え火とは、先祖の霊を迎える目印のために焚かれる火のことをさす。ゆっくりと燃えていくおがらの煙を頼りに、亡くなった人がこの世に帰ってくるのだ。

朝食を済ませたあと、細々とした家事をこなしているとあっという間にお昼の時間になった。父と一緒に昼食を食べ、母との思い出話に花を咲かせる。

時計の針が十五時を回ると、南側の濡れ縁からサンダルに履き替えて庭に下りる。

そして庭の物干しざおに干した洗濯ものを取り込みながら、今後のことを考えた。

仕事はいつまで続けられるだろう。お腹が大きくなりはじめれば、涼介さんも私の妊娠に気づいてしまうはずだ。

それに勘づかれてはいけない。

そのためには、今すぐにでも仕事を辞めて実家に戻ったほうがいいとわかっている。

けれど、このまま中途半端に仕事を投げだして逃げるようなことだけはしたくない。

きちんと仕事を終え、引き継ぎをしてから辞めるとしたら……。

そのとき、玄関先にスーツ姿の背の高い男性が立っているのに気がついた。

お客さん……？

「あの、うちに何か御用です……か？」

来客に声をかけようと一歩踏みだしたとき、男性がこちらに顔を向けた。目が合い、息を呑む。手に持っていた洗濯バサミが手から離れ、地面に転がる。

まるで時が止まったみたいに感じた。

「どうして……」

ポロリと言葉がこぼれ落ちる。そこにいたのは、涼介さんだった。

なぜ涼介さんが実家に……？

……ダメだ。

もう涼介さんとは関わらない。関わってはいけない。

逃げるように背中を向けて家に入ろうとすると、「美愛！」と涼介さんが私を呼び止めた。

「待ってくれ！　話があるんだ」

「私はもう、涼介さんと話すことはありません」

背中を向けたまま、心がはちきれそうなのを堪えて、涼介さんを突き放す。

「突然会いに来てすまない。でも、こうでもしないとちゃんと話せないと思ったんだ」

「お願いします。帰ってください」

声が震える。涼介さんから逃げるようにサンダルを脱いで、家の南側の濡れ縁に足をかけようとしたときだった。

「実家の住所は昨日、美愛のお父さんに聞いたんだ」

「え……？」

涼介さんの言葉に、私は反射的に振り返った。

「それ、どういうことですか……？」

「全部話す。だから、俺から逃げないでくれ」

切実な表情の涼介さん。いつも余裕のある涼介さんの弱い部分を、初めて目の当たりにした。

思い返してみれば、私は話し合いもせず、一方的に涼介さんに別れを告げて逃げようとしていた。

「……わかりました」

私は決意を込めて、頷いた。

一度家に入ると、香ばしいコーヒーの匂いがした。父は母の遺影が飾られた奥の和室の仏壇前で、両手を合わせていた。仏壇には、生前母が愛用していた花柄のマグカップとチョコレートが置かれている。体調の悪い中、父がコーヒー好きだった母のために淹《い》れたのだろう。

「お父さん」

座卓の上のスマートフォンをショルダーバッグに押し込むと、父に声をかける。

父は一度、南側の庭に目を向けたあと、ゆっくりと振り返った。視線が私のバッグに注がれる。

「いってらっしゃい」

目が合うと父は目尻を下げて微笑んだ。すべてを悟っているかのような温かくて、優しい眼差しだった。

「いってきます」

微笑み返すと、父が大きく頷いた。私は父に背中を押されたような気持ちで、涼介さんの元へ急いだ。

私たちは実家から歩いてすぐ近くの、小さな公園へやってきた。滑り台と砂場しかないこの公園は、春になると満開の桜で彩られる。幼い頃、両親とともに数えきれないほど訪れた思い出の場所だ。

「父から住所を聞いたって、どういうことですか?」

大きな木の枝で日陰になったベンチに腰かけると、私は尋ねた。

「昨日、美愛との電話のあとに、ダメだとはわかっていながら病院にある美愛の緊急連絡先を調べた。そこに実家の電話番号があったんだ」

「それで電話を?」

「ああ。アパートに帰っている様子はないし、仕事も休んでいるから心配になって。

それにちゃんと話もしたかったから。そしたらお父さんが出たんだ」

「父が……？　そんなこと何も言ってなかったのに」

今朝、一緒に朝食を食べたときも涼介さんから連絡があったなんて言っていなかった。

どうして言ってくれなかったのだろう。

「最初は、美愛と付き合っていると言っても、信じてくれなかったんだ。家にいるか尋ねても教えてくれなかった。でも、俺の正直な気持ちを伝えたら美愛が実家にいることも、住所も教えてくれたんだ」

「……なんで……」

父には昨日、相手には言わずにひとりでお腹の子を産むと伝えたのに。

「美愛」

涼介さんは身体をこちらに向けると、真っ直ぐ私を見つめた。

「頼む。もう二度と俺の前から姿を消さないでくれ。連絡がつかない間、どれだけ心配したか……。美愛を失いたくないんだ」

いつものような余裕が、涼介さんにはなかった。

懇願するように絞りだした言葉に、胸が締めつけられる。

「でも、涼介さんには麗子さんっていう許嫁がいるんですよね……？」

「ああ。麗子と俺は幼なじみで、両家が決めた許嫁だ」

「だったらどうして……」

やっぱりそうなのだと打ちのめされる私に、涼介さんは「違うんだ」と続けた。

「でも、それは形式上だ。そもそも父親たちが酒の席で口にしただけで、なんの効力もない」

「だったらどうして、そんな噂がたったんですか？」

「俺たちはずっと互いに、許嫁という関係を利用していたんだ」

「利用……？」

徐々に陽が傾きだしたものの、暑さが和らぐ気配はない。スーツ姿の涼介さんの首筋から汗が流れる。けれど、そんなことなどお構いなしに、涼介さんは続けた。

「初めて会ったとき、言ったよね。海外に行ったのはキャリアアップのためだって。美愛に出会う前の俺は結婚願望もなかったし、仕事だけが生きがいだったんだ」

優しく語りかけるように涼介さんは言う。

「当時は麗子も俺と同じ考えだった。だから、異性から言い寄られたときに断る口実として、許嫁という関係をお互いに利用することにしたんだ。以前に院内で噂がたったときも、それを黙認していた。そのほうがメリットが大きかったから」

涼介さんは素直な気持ちを吐露した。

「特に、麗子は昔から男に言い寄られることが多かったから。大企業の御曹司や大病院の医師からの見合い話はもちろん、患者にしつこく付きまとわれて大変な目にあったこともある」

「そんなことが……」

「男の俺なら、ただ煩わしいというだけで済む。でも、麗子にはその身に危険が及ぶようなこともあった」

涼介さんの言いたいことは手に取るようにわかった。確かに麗子さんはあの美貌にもかかわらず、気取ったところがなく、人当たりもいい。困っていた私にも、すぐに手を差し伸べてくれる優しい人だ。

すると、誰もいなかった公園にひと組の家族がやってきた。赤ちゃんを乗せたベビーカーを押す母親と、三歳ほどの男の子と、手を繋ぐ父親。両親に小さく頭を下げられ、会釈を返す。静かだった園内に男の子のはしゃぐ声が響く。

「涼介さんの話はわかりました」

ふたりが形だけの許嫁であるという話は理解できた。

でも、仮にそうだとしても、麗子さんが涼介さんとまったく同じ気持ちであるかはわからない。

もしも涼介さんに対して、特別な想いがあったとしたら……。

「でも、麗子さんがどう考えているかは、わかりませんよね？」

恐る恐る尋ねると、涼介さんはあっけらかんとした表情で答えた。

「実は、麗子はもうすぐ結婚するんだ」

「え……？」

思わず目を見開いて驚く。

麗子さんが、結婚を……？

「もちろん、相手は俺じゃない。おまけに、すでに妊娠していて、年内には生まれる予定だよ」

「ま、待ってください……。ちょっと混乱してて……」

そのとき、ふと麗子さんからもらったチョコレートが頭をよぎった。

妊娠をすると、甘いものを無性に食べたくなると聞いたことがある。

それに、食事にも偏りが出ることもあるらしい。

チョコレートにハマってこればっかり食べてるって言っていたけれど、それって妊娠していたからなの……？

「でも、まだお腹も膨らんでいなかったし……それに……」

「あいつはもともと細身だから。本人はお腹が大きくなってきたって喜んでたけど」

「麗子さんが妊娠……」

無意識に、自分のお腹に手を当てる。年内に生まれるということは、私のお腹の子と同級生ということだ。

「驚くのも無理はない。もっと早く美愛に伝えるべきだった。不安にさせてしまって悪かった」

涼介さんはそう言うと、小さく頭を下げて謝った。

「じゃあ……涼介さんと麗子さんは……本当の許嫁じゃないっていうことですか？」

「ああ。俺が愛してるのは、ずっと美愛だけだ」

涼介さんの言葉に、目頭がじわっと熱くなり、唇が震える。

「でも、涼介さんのお父さんが……」

「父さんにもこの間、麗子が結婚すると話した。そうしたら『なんだ、涼介。麗子ちゃんに振られちゃったか。仕方ないなぁ』なんて言って、笑ってたよ」

苦笑いを浮かべる涼介さんに、身体から力が抜けていく。

すべては、私の誤解だったの……？

「それと、『まあ、あの話はもともとは、父親同士が盛り上がっていただけだからな。残念と言ったら残念だが、結婚相手は自分の好きに選んだらいいさ』とも言っていた」

話を聞いていくうちに、心の中にあった心配事や不安が溶けていく。

「ちなみに許嫁だなんだと言っていたのは父親たちだけで、両家の母親は俺と麗子の目論みには気づいていたみたいだけど」

少しおどけたように言って微笑む涼介さんにつられて、私の口元も緩む。

こうやってまた、笑顔で過ごせる日がくるなんて。湿度が高く、身体にまとわりつくような生暖かい風すら、今の私には心地いい。

「だから、俺と麗子はもう許嫁じゃない」

涼介さんの顔から笑みが消えた。私は膝を涼介さんのほうへ向けた。

「俺ともう一度、やり直してほしい。もう絶対に美愛を不安にさせたりしない。約束する」

真摯な言葉が、心に突き刺さる。その瞬間、ポロリと涙がこぼれた。

答えは決まっていた。別れようと伝えたとはいえ、私は今もこんなにも涼介さんを愛している。

できることならば、やり直したい。

「……はい」

私が頷くと、硬かった涼介さんの表情が緩んだ。

「良かった……」

安堵したように胸に手を当てて、小さく息を吐く涼介さん。

「涼介さん……、ごめんなさい。私……ちゃんと話も聞かず、涼介さんに別れようだなんて……」

次々に涙が頬を伝う。私の涙をそっと指で拭うと、涼介さんは優しく私を抱き締めた。

「謝らないでくれ。元はといえば、麗子のことを話していなかった俺が悪いんだから」

「……っ」

大きな背中に腕を回すと、涼介さんの匂いがした。大好きな甘い匂いに包まれると、涼介さんとやり直せるのだと実感することができた。

「これからはどんなに小さなことでも、ちゃんと話し合おう」

耳元に感じる涼介さんの熱い吐息。

「はい」

「もう絶対に離さない」

涼介さんの大きな背中に腕を回して、抱き締め返す。喜びが溢れだし、嬉し涙が止まらない。互いの気持ちを伝えるように、私たちは抱き締め合う。

わだかまりが解けて、心の底から安堵すると同時に喜びが込み上げてくる。

そのとき、遠くのほうから「らぶらぶぅ～」と幼い子供の声がした。ハッとして、私と涼介さんは視線を声のほうに向ける。そこには、冷やかすようにニヤニヤと笑う男の子と「やめなさいっ」と言って、わたわたと慌てて男の子に駆け寄るお母さんの姿があった。

私たちは弾かれたように離れる。ここが公園だということも忘れて、私ってばあんなことを……。コホンッと咳払いした涼介さんに視線を移すと、耳まで真っ赤にしてタジタジな様子だった。

陽が西に傾いて、辺りが暗くなりはじめた。ザッザと土を蹴る音が近づいてくる。目の前までやってきた男の子は私たちの前まで駆け寄ると「バイバイ」と笑顔で手を振った。私と涼介さんは「バイバイ」と揃って手を振り返す。公園の出口で待っていた両親とベビーカーの赤ちゃんに合流すると、男の子はスキップ交じりに公園から出ていく。そんな男の子の手を慌てて掴むお父さん。幸せを絵にかいたような家族にほっこりと温かい気持ちにさせてもらった。

「そろそろ美愛の実家に戻ろう。お父さんにきちんと挨拶をさせてもらいたい」

涼介さんが腕時計に視線を落とした。

「あの、涼介さん」

私にはまだ、涼介さんに伝えていない大切なことがある。

「うん?」

「その前に……お話ししなくちゃいけないことがあります」

「話? 何?」

不思議そうな表情の涼介さん。

私のお腹の中に赤ちゃんがいると知ったら、涼介さんはどんな反応をするのだろう。

「実は……」

「うん」

真剣な表情で頷く涼介さんに、私は緊張気味に言った。

「……私のお腹の中には、赤ちゃんがいるんです」

「え」

涼介さんが目を見開く。何を言われているのか、理解できないという表情だった。

「昨日……、産婦人科でもらいました」

持ってきたバッグの中から、産婦人科でもらったエコー写真を取りだし、涼介さんに差しだす。

「……美愛のお腹に赤ちゃんが……？」

「はい。妊娠四か月だと言われました」

涼介さんは昨日の私と同じように、そっと指でエコー写真を撫でた。その指先が小刻みに震えている。

「涼介さ……」

不安になって涼介さんの顔を覗き込んだ瞬間、私は息を呑んだ。

涼介さんは目を潤ませ、唇を噛みしめ必死に泣くのを堪えているように見えた。

「ありがとう、美愛。本当にありがとう」

そう言って綺麗な顔をクシャクシャにして笑った目から、涙がこぼれた。その涙は頬を伝い、顎にまで流れる。

「結婚しよう」

「涼介さん……」

「美愛のことも、お腹の赤ちゃんのことも必ず幸せにする」

涼介さんはそう言うと、私を再び優しく抱き締めた。

大きな腕の中に包まれた私の目からも、自然と涙が溢れる。

「そういえば、昨日妊娠がわかったって言ったよね？　ということは、美愛は妊娠がわかったあと、俺に別れようって言ったのか……？」

「ごめんなさい。あのときは涼介さんに言わず、この子をひとりで産んで育てるつもりだったんです」

「謝らせたいわけじゃないんだ。ただ、ひとりでこんなに大切なことを抱え込ませてしまって、本当にすまなかった」

「でも、今はこうやって涼介さんが一緒にいてくれるから」

「ああ、これからはずっと一緒だ。離れようとしても、もう絶対に離さない」

夕暮れに向かって、刻々と空の色が赤く塗りつぶされ、公園内を幻想的に照らしだす。

涼介さんに抱き締められ、あんなにも不安だった気持ちが一気に消え去っていった。

ひぐらしが、涼し気に鳴く。その音は、まるで私たちを祝福しているみたいだった。

私たちは再び実家に戻った。

家の一番奥の、仏壇のある和室で涼介さんと父は顔を合わせた。

「順序の後先が逆になり、申し訳ありません。美愛さんと結婚させてください」

父とテーブルを挟んで向かい合った涼介さんは、真剣な表情で言った。緊張をしているのか、その横顔は硬い。

意外にも父は落ち着いていた。涼介さんのことを見つめたあと、隣に座る私に視線をスライドさせる。その瞳には、心配の色が見て取れた。

「美愛は、本当にそれでいいのか？」

念を押すように、父が尋ねた。昨日、妊娠したことを相手にも告げず、ひとりで産むと啖呵《たんか》をきったのだ。父が気にするのも無理はない。

「うん。私も涼介さんと結婚したいと思ってる。涼介さんに妊娠を告げずに、ひとりで産むって言ったのにもわけがあるの。その原因は私の勘違い」

「勘違い？」

父が訝し気な表情を浮かべた。

「心配しないで。ちゃんと誤解は解けたから。もちろん、涼介さんはまったく悪くない。本当はね、涼介さんから離れたくはなかったの」

私の言葉に、父がホッと安堵したのがわかった。

「そうか。美愛がそうしたいなら、お父さんは応援するよ」

そう言うと父は、座布団に座り直して姿勢を正すと、あらたまって涼介さんを真っ直ぐ見つめた。

「娘は……、美愛は昔からいつも、人のことばかりを考えてしまう優しい子です」

「はい」

父は一度、仏壇に視線を向けたあと言葉を続けた。

「幼い頃に母親を亡くして、辛い思いをたくさんしたと思います。だから、娘には幸せになってほしい。妻も……天国にいる美愛の母親も、きっと私と同じ気持ちです」

父の目の縁が赤くなる。泣くのを必死で堪えているのだろう。

その姿に、私の胸も熱くなった。

「新堂さんの美愛に対する気持ちは、昨日の電話で確かに伝わりました。どうか娘とお腹の中の赤ちゃんを、幸せにしてあげてください」

父は深く頭を下げた。

「もちろんです。必ず幸せにするとお約束します」

力強く答えた涼介さんに、父はホッとしたように表情を緩めた。

夕飯は、冷蔵庫にある材料を使ってささっと作ることにした。サバの味噌煮と筑前煮、ほうれん草としめじの入ったすまし汁。お酒のお供に枝豆を茹で、タコの唐揚げを作った。

「美愛さんは子供の頃、どんな子だったんですか？」

三人で食卓を囲む。すると、ビールを飲みながら、涼介さんが尋ねた。

「小さい頃は、とにかく面白い子だったよ。スプーンを持たせるとそれをマイク代わりに、歌をうたいながらおどけて踊るんだ。お風呂上がりは裸で駆け回ってたっけ。親戚の間では、ひょうきんな子だって有名だったんだ」

父の発言に口に入っていた筑前煮をあやうく噴き出しそうになり、目を白黒させる。

「ははは、今の美愛さんからは、想像できませんね」

涼介さんが心底楽しそうに笑う。それに父は気を良くしたようだ。

「そういえば、白髪が多くなったって妻が悩んでいるのを知った美愛が、妻の昼寝中に黒いペンで白髪を塗ったこともあったな。確か、三歳ぐらいのときだ」

「お、お父さん！　涼介さんの前で、そういう恥ずかしい話するのやめてよ！」

何を言いだすかわからない父に冷や冷やして、何を食べても味がしない。

「恥ずかしくなんてないだろう。母さんも『美愛は優しい子に育ってるわね』って嬉しそうに言ってたぞ」

「だったら、私が優しい子だったたっていうエピソードを話してよ」

「ああ、そうそう。あと、ドジでよく田んぼに自転車ごと落っこちて、泥だらけになってたなぁ」

「確かに何度も落ちたけど！　お父さん、お願いだからもう余計なこと言わないで！」

私と父の会話がツボにハマったのか、涼介さんは息ができないぐらいに大笑いしていた。

食事中、父は心底嬉しそうに、日本酒を嗜んだ。こうやって父がお酒を飲んでいるのを見るのは久しぶりだ。

たくさんの笑顔が見られ、体調も良さそうだ。

まったく顔色の変わらない涼介さんとは対照的に、ほろ酔いでふわふわとした足取りの父を、布団に寝かせる。

「涼介さん、ごめんなさい。よほど嬉しかったみたいで」

「いや、俺もお父さんといろいろ話せて楽しかったよ。それに、子供の頃の美愛の可愛いエピソードも聞けたから。これからは家族になるんだし、お父さんともいい関係を築いていきたい」

「涼介さん……」

私やお腹の赤ちゃんだけでなく、父のことも気遣ってくれるなんて……。

涼介さんが、部屋の振り子時計を一瞥《いちべつ》する。

「本当はもっと美愛といたいけど、明日も仕事だしそろそろ行かないと。お盆休みの最終日なら少し時間が取れそうだから、車で迎えに来るよ」

「大丈夫です。少しつわりも収まってきているし、電車で帰れるので」

「俺が心配なんだ。迎えに来させて？」

「わかりました。じゃあ、お言葉に甘えて」

ふふっと笑いながらお願いすると、涼介さんは微笑む。

「いくらでも甘えてくれて構わないよ。じゃあ、また」

「待って！　駅まで送ります」

玄関で靴を履く涼介さんを慌てて制止すると、涼介さんは首を横に振った。

「それはダメだよ。美愛が心配で帰れなくなる」

「でも……」

「今は身体を第一に考えて。俺にできることはなんでもやるから」

「涼介さん……」

「頑張って大きくなるんだよ」

優しく語りかけた涼介さんは、まだ膨らんでいない私のお腹にそっと手を当てた。

涼介さんが、赤ちゃんのお父さんで良かった……。

心の底からそう思えた。

私のお腹から手を離すと、柔らかかった笑みは消え、仕事のときのような真面目な面持ちになった。

「それと、お父さんの病気について、もっと詳しく教えてくれないか？　手術は難しいと主治医に言われたんだって？」

手術が難しいと言われたこと。お金がかかるし、これ以上私に迷惑をかけたくないと、父が手術自体を拒んでいること。それでも、私は諦めたくないと思っていることを公園から実家へ戻る道中、涼介さんに話していた。

「はい。父の心臓の病気は珍しいタイプみたいで。そもそも手術ができる医師も国内には少ないみたいです」

「心臓……か」

涼介さんはそう言うと、私を見つめた。

「俺はひとりでも多くの患者の命を救うために、海外でたくさんの症例を学んできた。祖母を心臓の病気で亡くしたとき、俺は何もできず無力だった。でも、今は違う」

決意を込めた目で私を見つめる涼介さん。

「俺に任せてもらえないか」

父のことで頼れるのは涼介さんしかいなかった。

その力強い言葉に、私はすがるように大きく頷いた。


お盆休みが終わり、久しぶりに病院へ向かう。

医事課の扉を開けると、私の姿を見るなり須藤さんが駆け寄ってきた。

「一ノ瀬さん！　良かった……」

「須藤さん、突然お休みもらって迷惑をかけてごめんね」

「迷惑だなんて！　全然そんなことありません」

「高山さん……怒ってたよね？」

「ああ。それが……」

私の言葉に、須藤さんは苦笑いを浮かべるとある場所を指さした。

「えっ。ど、どうしちゃったの？」

医事課の一番奥で書類をシュレッダーにかけている高山さん。その後ろ姿には、いつものような元気がない。

「実は一ノ瀬さんが休んでるとき、新堂先生が『俺と麗子はもう許嫁じゃない。これ以上変な噂をたてるのはやめてくれ』って直接抗議しにきたんですよ。それで、医事課のみんながその噂を広めてた高山さんのことを責めはじめて」

「そんなことが……」

「高山さん、人の噂たてるだけじゃなくて、仕事にも手を抜くところあったじゃないですか。みんなそれに対しても不満をもっていたみたいで、総スカン食らって今の状況になってます」

「なるほど」

高山さんが静かなだけで、こんなにも医事課内の空気が変わるなんて……。

「それに高山さんって、一ノ瀬さんにだけ当たり強かったし。医事課のみんなはそのせいで、一ノ瀬さんが仕事に来られなくなったんじゃないかって心配してました」

私はすぐさまそれを否定した。

「それは違うよ。休みをもらったのは父の病気が理由だから、高山さんのせいじゃないの」

「そうだったんですね」

「うん。それに高山さん、お盆休みの前の日に電話してきたの。理由はわからないんだけど、何か言いたそうだった」

するとと話し声に気づいたのか、高山さんがこちらに視線を向けた。

私と目が合うと、高山さんは慌てたように私から目を逸らす。

「あの人、相当なこじらせ女ですから」

「え？」

須藤さんの言葉に首を傾げる。

「高山さんってズルくて意地悪で嫌な女ですけど、根っからの悪人じゃないっていうか……。なんだかんだ言っても、休んでた一ノ瀬さんのこと心配してたし」

会話している私たちのほうをチラチラ見て、気にしている様子の高山さん。

「一ノ瀬さんに電話をかけたのも、今までのことを謝ろうと思ったのかもしれません。ただ、そんな簡単なことをできないのが高山さんですから」

「私、ちゃんと高山さんと話してみる」

「そうしてあげてください。高山さんが大人しすぎても気持ち悪いので」

高山さんより年下の須藤さんの言い方に、私は思わずくすっと笑った。

仕事を終えると、職員用の裏口の外で高山さんを待つことにした。

言葉を交わしながら複数人で出てくる職員たちの中に、高山さんはいない。

しばらくして、人が少なくなったタイミングで高山さんが出てきた。普段は赤や青などのビビットカラーの派手な色味の洋服を好んで着ているのに、今日は全身真っ黒だ。シフォン素材の黒いノースリーブシャツにタイトな黒パンツを合わせた、シンプルな格好をしている。

「――高山さん！」

背中を丸めながら、そそくさと駐車場のほうへ向かう高山さんを呼び止める。

「な、何よ」

私に気づき、高山さんはギョッとしたように目を見開いたあと、眉間に皺を寄せた。

「ちょっと話があるんですけど、いいですか？」

「何よ！　どうせあたしに文句があるんでしょ⁉」

「そうじゃなくて。この間の電話……高山さんが何を言いかけていたのか、気になって」

高山さんに尋ねると、彼女は困ったように俯いた。仕事帰りはいつもメイクを完璧に直して、複数のアクセサリーをジャラジャラつけていたはずなのに、今日はそれらが見当たらない。みんなに嫌がられてもお構いなしに更衣室で振りかける高級ブランドの香水も、今日はつけていないようだ。

「……まりたかった」

「え？」

「アンタに謝りたかったの！」

顔を持ち上げた高山さんは、今にも泣きだしそうな表情を浮かべている。堪えているものの、目の縁には涙が浮かんでいた。

「えっ、ちょっ、高山さん……？」

「あたしアンタのこと、大っ嫌いだった」

謝りたいって言ったと思えば、今度は大っ嫌い？

頭の中がクエスチョンマークでいっぱいになる。

「同期で同い年なのに、アンタってばずっとあたしに敬語使うし、アンタが仕事頑張りすぎるせいで、あたしが手を抜いてるって思われるんだもん」

「へ？」

グッとこちらに顔を近づけてきた高山さんの圧に、思わず一歩後ずさる。

「地味だったくせに最近やたら可愛くなって、いろんな男がアンタのこと噂してるの聞くし、このままじゃあたしよりも先に結婚しちゃうって焦ってたの」

「ちょっと待ってください。それって……」

「ずっとアンタに嫉妬してたの。あたしはアンタみたいに仕事できないし、男に愛《あい》嬌《きょう》振りまくことしかできないんだもん。周りの子たちも次々に結婚していくのに、あたしは彼氏もできない。合コン行っても、誰にも見向きもされない。所詮、事務員だからって自分を慰めてたのに、アンタは新堂先生みたいなハイスペ捕まえてるし。それって、あたしに価値がないってこと⁉」

高山さんの声が感情的になり、徐々に震えだす。言いたいことを一気に吐き出すと、堪えきれず両目から涙がこぼれ落ちた。涙の跡にそうように、ファンデーションが剥がれていく。

「あたしだって仕事頑張ったりしたこともあったよ⁉　だけど、どんなに頑張っても、アンタみたいにあたしは評価されない。だったら手を抜いてやるって思った。だって頑張ったって給料増えないし！」

「高山さん……」

涙か鼻水かわからないもので顔中をびしょびしょにさせる高山さん。私は、慌ててバッグの中に手を入れてタオルを探す。

「業務をアンタに押しつけたり、噂話広めたり……。悪いことだってわかってた。でも、なんか自分だけが取り残されそうで怖かったの」

メイク崩れも気にせずに泣く高山さんに、私はタオルを差しだした。

それを黙って受け取ってゴシゴシと遠慮なく涙を拭う高山さんに、苦笑いを浮かべる。

「高山さんは、私にはないものたくさんもってるじゃないですか。誰にでも物おじせず声をかけて、仲良くできるし」

「そんなお世辞いらないから！」

「お世辞じゃないですよ。だから、また一緒に仕事頑張りましょうよ。高山さんが元気ないと、なんか拍子抜けしちゃいます」

「……あたしのことなんてもう、誰も必要としてないわよ」

高山さんは投げやりに言った。

「少なくとも私と須藤さんは、高山さんを必要としてますよ」

「……なんであたしなんかに優しくすんのよ。こないだだって、新堂先生に許嫁がいるって噂広げてアンタを傷つけたのに。なのにアンタは、突然休んで迷惑かけてごめんなさいだなんて言って……謝らなきゃいけないのは、あたしのほうだったのに……」

高山さんは鼻をズズッと音を立てて豪快にすすると、「ごめんなさい」と腰を折って謝った。

「もういいです。でも、もう二度と変な噂流さないでくださいね。それと、仕事はお互い手を抜かず頑張りましょう」

「わかったわよ」

高山さんはタオルで、音を立てて勢いよく鼻をかんだ。

「実はね、あたしも子供の頃、母親を病気で亡くして父子家庭で育ったの。だから、幼い頃からいろいろ苦労したんだ」

「高山さんも……？」

まさかそんな共通点があったなんて。

「そう。だから、お父さんを心配だっていうアンタの気持ちはわかるよ。あたしじゃ頼りにならないかもしれないけど、何かできることがあったら言ってよ」

「……ありがとう。そう言ってもらえて嬉しい」

私が微笑むと、高山さんは少し驚いたように目を丸くした。

「同い年だし、敬語使わなくてもいいんだよね？」

「か、勝手にすれば！」

なんだか照れくさそうな高山さん。

「私もいろいろごめんね。もっと早くこうやって話せば良かった」

須藤さんが言っていたとおりだ。

『高山さんってズルくて意地悪で嫌な女ですけど、根っからの悪人じゃないっていうか……』

正直、高山さんに嫌な思いや悲しい気持ちにさせられたのは、一度や二度ではない。けれど、彼女は本当の悪人ではない。きっと不器用な人なのだろう。虚勢を張って自信があるように振る舞っているけれど、本当は自信がなかったんだ。

気持ちはわかる。私だってずっと自信がなかった。

「アンタ、新堂先生とは本当に付き合ってるの？」

「うん」

「そう。まあ、せいぜい捨てられないように頑張りなさいよ」

唇を尖らせる高山さんに、にんまりと笑う。

「高山さんも、いい人ができるといいね」

「ハァ⁉　何、その上から目線！　新堂先生よりもいい男、必ずゲットするから！」

私たちは互いの目を見合わせて、声を上げて笑った。

まさかあんなに苦手だった高山さんと、こうやって笑顔で言葉を交わせる日がくるなんて。

涼介さんと出会ってから、私は少しずつ自分の気持ちを言葉にできるようになった。

自信がもてるようになったのも全部、涼介さんのおかげだ。

そのとき、裏口の扉が開いた。

「あれ、ずいぶん珍しい組み合わせだねぇ」

裏口から出てきたのは、芸能人がするような真っ黒なサングラスをかけた結城さんだった。

サングラスを外すと、首元に光るシルバーのチェーンネックレスにそれをかける。

結城さんは、私と高山さんの顔を交互に見て不思議そうな表情を浮かべている。

「あっ、結城先生～！　お疲れさまです‼」

高山さんは目を輝かせて胸元でひらひらと両手を振る。

こういうところは相変わらずだ。

それにしても今日の結城さんは、いつにもましてアイドル的要素が強い。

一流ブランドのロゴの入った白いTシャツを細身のデニムパンツにタックインした、カジュアルな出で立ちだ。普段はつけていないネックレスと同色のシンプルなピアスが、太陽に照らされてキラリと光る。

「お疲れさま。ふたりでなんの話してたの？」

香水だろうか。結城さんがそばに来ると、涼介さんとはまた違った男性的な甘い香りがした。

「一ノ瀬さんと新堂先生の話です。結城先生、ふたりのこと知ってました？」

高山さんがそう尋ねると、結城さんは確認を取るように、私をチラリと横目で見る。

「高山さんに、私と涼介さんが付き合ってるって話はしました」

「そっか。うん、新堂に聞いて知ってるけど」

「そうなんですねぇ。いいなぁ、一ノ瀬さんは幸せそうで。羨《うらや》ましい」

深いため息を吐いた高山さん。

「いくら人を羨ましがっても、幸せにはなれないよ」

「じゃあ、どうしたらいいんですかぁ？」

すがるような目を結城さんに向ける高山さん。それでも、結城さんは余裕の笑みを崩さない。

「高山さんは可愛いんだし、さらに自分を磨き上げてみたらどう？　自分を大切にしてあげることが、幸せへの第一歩だよ」

「自分を大切に……かぁ。じゃあ、今日早速エステでも予約しちゃおうかなっ」

「うん、そのフットワークの軽さは素晴らしいね」

「ふふっ、結城先生に褒められてなんか元気出てきちゃった～！　明日からも仕事頑張ろうっと！」

高山さんの気持ちがすっかり上がったところで、結城さんは黒いスマートウォッチに視線を落とす。

「うん、その調子で頑張ってね。じゃあ、俺はこれで」

優しく微笑んで、黒いサングラスをかけると駐車場のほうへ歩いていく。

「ていうか、結城先生ってあたしのこと好きなのかも？　あたしのこといつも可愛いって言うもん。絶対そう！」

「うーん、どうかなぁ」

苦笑いを浮かべると、ブォンッとエンジンのかかる大きな音がした。思わず音のしたほうに視線を向ける。駐車場から、赤いオープンカーがゆっくりとこちらに向かってくるのが見えた。私と高山さんは口をあんぐりと開けた。磨き上げられた赤いボディと、ピカピカと光る大きなアルミホイールのタイヤを見ただけで、高級車だとわかる。

「結城先生じゃん!!　ヤバッ。超カッコいい!!」

真っ赤な顔で叫ぶ高山さん。リラックスした様子でハンドルを握る結城さんは、わずかに口角を持ち上げて、私たちに向かってスッと軽く手を挙げた。

そして軽快な音を立てて、車は走り去っていった。そんな結城さんの振る舞いに高山さんは目をハートにして、さらに頬を赤らめるのだった。

第八章　幸せな時間

「こちらが手術の承諾書になります」

カンファレンスルームに通された私と父は、緊張気味に承諾書を受け取った。

暑さ寒さも彼岸まで、という言葉どおり急に暑さが和らいだ。九月後半のこの日は、大荒れの天気だった。大型の台風が近づき、大きな雨粒が激しい音を立てて窓ガラスを叩いた。

私と父は手術の詳しい説明などを受けたあと、その場で承諾書にサインをした。

あれから、地元にある父のかかりつけの病院に紹介状を書いてもらい、父は広崎医療総合病院に転院した。

『今の医学では手術をする以外に方法がありません。私に任せてもらえませんか？』

最初は頑なに手術を拒んでいた父も涼介さんの熱意に負け、手術を受けることに決めた。

「よろしくお願いします」

磨かれたテーブルの上を滑らせるようにして、両手で承諾書を戻す。父は深々と涼介さんに頭を下げた。

「最善を尽くすことを、お約束します」

涼介さんの力強い言葉に、私も父も覚悟を決めたのだった。

手術日は、一週間後の十月の初めに決まった。

二日前から入院し、必要な検査や診断を行い、病棟の看護師から入院生活の説明を受けた。


この日、仕事を終えて父の入院する病棟に荷物を持っていくと、トイレから出てきた麗子さんを見かけた。ゆっくりとした動作で腰を摩りながら歩いている。ずいぶんとお腹が膨らんできたようだ。白衣の下に着ているネイビーのスクラブはマタニティ仕様なのか、お腹の部分がゆったりとした造りになっている。

「こんにちは」

頭を下げると、麗子さんが笑顔で私の前まで歩み寄った。

「あら、美愛ちゃん。お父さんのところに行くの？」

外科病棟に入院した父は涼介さんだけでなく、麗子さんや結城さんにもお世話になっている。

「はい。あの……この間は本当にすみませんでした」

「なんのこと？」

「私、涼介さんとのことで麗子さんに嘘をつきました」

「ああ、そのこと。いいのよ。最初からわかっていたことだから」

夕暮れが早くなった。廊下の窓ガラスからは、炎が燃え立つようなオレンジ色の光が差し込み、ケラケラ笑う麗子さんの横顔を照らした。

「え……？」

「だってエレベーターを降りたあと、涼介ったら信じられないぐらい狼狽えてたのよ。『美愛に誤解されたかもしれない』って。普段はあんな姿、絶対に見せないのに。あの慌てぶりには私も驚いたわ」

麗子さんは、言いながら腰を伸ばしたあと、手のひらで摩る。お腹が大きくなるにつれて腰痛が起こると、妊婦用の雑誌に書いてあった。

「涼介さんが？」

「そう。あなたのこととなると、涼介ってば別人みたいになるのよ。結城くんも同じようなこと言ってたわ」

私が知らない涼介さんの裏情報に、なんだかほっこりする。

「ふたりは付き合っているんだろうなとは薄々感じてたんだけど、涼介とそういう話はしたことなかったから。だからあの日、美愛ちゃんに聞いたのよ」

「そうだったんですね」

「でも、美愛ちゃんが煮えきらない態度だったから気になってたの」

「あのときは涼介さんと麗子さんが許嫁だと信じていたので、本当のことが言えなかったんです」

「不安にさせてごめんなさいね。でも安心して。今、私のお腹の中には愛する人の子供がいるから。もちろん、涼介の子じゃないわよ」

麗子さんは愛おしそうに大きくなったお腹を撫でた。以前は履きやすそうなサンダルだったのに、今は歩きやすそうなスニーカーを履いている。

「いえ。私のほうこそ勝手に誤解して、すみませんでした」

「ううん、そんなことより体調はどう？　もう平気？」

お腹に手を当てる私を、心配そうに見つめる麗子さん。

もしかして、涼介さんに私の妊娠の話を聞いたのかな……？

「つわりも収まって今はすっかり良くなりました。麗子さんほどではないんですが、お腹もでてきたんですよ」

前に突きだすように大きくなったお腹を摩ると、麗子さんは驚いたような表情を浮かべた。

「やっぱり妊娠していたのね！　私の見立ては間違っていなかったんだわ」

パチンッと両手を合わせた麗子さんの左手の薬指には、以前はなかった指輪がはめられている。小さなダイヤが鏤《ちりば》められた、見るからに高級そうな指輪だった。

「えっ、涼介さんに聞いたんじゃ……？」

「聞いてないわ。ただ私も少し前につわりでフラフラな時期があったのよ。で、あのときの美愛ちゃんの様子を見て、もしかしてとは思っていたんだけど」

ふと麗子さんとした会話が蘇る。

『もし体調不良が続くようなら、専門の医師にちゃんと見てもらったほうがいいわよ？』

あの日、フラフラだった私を支えてくれた麗子さんは、私の妊娠の可能性に気づいていたのだ。

「す、すごい……」

思わずそう漏らすと、麗子さんはあははっと声を上げた。

「たまたまよ！　でも、嬉しい。お腹の子、同級生じゃない？　ママになっても仲良くしてね」

「こちらこそ、ぜひよろしくお願いします」

この日、私には麗子さんという信じられないぐらい心強いママ友ができたのだった。


そして、手術当日を迎えた。

父の手術の話をすると、医事課のみんなは『絶対大丈夫！』『こっちは任せて。お父さんに付き添ってあげて』と私の背中を押してくれた。

須藤さんと高山さんは『何か手伝えることがあったら言って』と不安がる私を励ましてくれた。

朝早く病室に麻酔医の訪問があり、手術室に入ってから手術が始まるまでの流れの説明を受けた。

そして朝の八時半になると、水色の手術衣を着た父はストレッチャーに乗せられ病棟を出発した。

「お父さん、いよいよだね。大丈夫？　緊張してる？」

できる限り明るく言うと、父は少しだけ表情を硬くした。

「そりゃそうだ。手術なんて初めてだからなぁ」

不安そうな表情の父の手を私はギュッと握る。ここに来るまでに、本当にたくさんのことがあった。

涼介さんが手術をしたいと申し出たとき、父はそれを拒んだ。

『手術にはお金もかかるし、これ以上美愛に迷惑をかけたくないんだよ』

そう繰り返す父に、私は事あるごとに手術を受けてほしいとお願いした。結局、根負けしたのは父のほうだった。そして、ようやくこの日を迎えることができた。

「大丈夫。必ず成功するから」

「ああ、そうだな。それに、彼に言われたんだ」

「え……？」

「必ず孫を抱いてもらいますって。今の俺の夢は、孫と一緒に遊ぶことだ。そのためにも元気にならないとな」

唇が震えた。父に手術を受けたいと思わせたのは、私ひとりの力ではなかったんだと悟る。頑なだった父の心を動かしたのは、涼介さんの熱い想い。そして、私のお腹の中にいる赤ちゃん……、孫の力が大きかったのだ。

「お父さん……」

鼻の奥がツンッと痛む。

手術をあんなに拒んでいた頑固な父を、私の知らないところで涼介さんが必死に説得してくれていたなんて……。

手術室の前に着くと、中から涼介さんが姿を現した。

「お父さんのことは任せて」

「はい。よろしくお願いします」

涼介さんならきっと父を救ってくれる。

いつになく真剣な表情の涼介さんに深々と頭を下げると、ストレッチャーに乗った父が手術室へ入っていく。

お願いします。父を……助けてください。

私は父を見送りながら必死に祈り続けた。

手術中のランプが消えた瞬間、私は弾かれたように立ち上がった。

長時間行われた手術が終わり、扉が開く。

「……お父さん⁉」

たくさんの機械やモニターに繋がれた父に駆け寄ると、涼介さんと目が合った。

「あの……父は……」

「手術は無事成功したよ。これから集中治療室で、経過観察と術後管理を行う予定だ」

「本当に……ありがとうございました」

顔色も良く、元気そうな父に私は心の底から安堵した。

唇が震えてそれ以上言葉にならない。張り詰めていた糸がプツリと切れ、膝に力を入れていないと座り込んでしまいそうだった。

看護師に押された父のストレッチャーがゆっくりと動きだす。

「お父さんはもう大丈夫だ」

「良かった……。本当に……良かった……」

涼介さんの言葉に、私の目からは大粒の涙がこぼれた。


国内でも症例の少ない難しい手術だったにもかかわらず、術後の経過はとても良く、父は無事に退院することができた。

今後も定期的に通院することにはなるものの、特に制限はなく普段どおりの生活を送れるらしい。父は薄っすら目に涙を浮かべて、涼介さんに感謝の言葉を述べた。

父の手術が終わりホッとしたのも束の間、私にはやらなければならない大切なことが残されていた。

父の手術からおよそ一か月後。

冷たい秋の風が吹くこの日、豪邸の立ち並ぶ高級住宅街の中にあるひと際大きな邸宅の前で、涼介さんは立ち止まった。

「ここだよ」

「すごい……なんて大きいの……」

【新堂】の表札にごくりと唾を飲み込む。

高い塀で囲まれ、立派な松がそびえ立つここが涼介さんの実家……。

門を押し開け、涼介さんのあとに続き歩きだす。

『美愛を両親に紹介したい』

父の手術が終わり、私の体調がいいタイミングで、涼介さんの両親に挨拶にいくことになった。

許しをもらえたらすぐにでも婚姻届を出して一緒に暮らそうと、涼介さんから提案されている。

「緊張してる？」

「は、はい。とっても」

かつてないほどの緊張と不安で押しつぶされそうになる。

「大丈夫だ。何があっても、美愛とお腹の子は俺が必ず幸せにする」

背中に添えられた涼介さんの手のぬくもりに励まされる。

大きな庭園の池の中では、色とりどりの大きな鯉《こい》が優雅に泳いでいた。涼介さんは、こんなに立派なお家で育ったんだ……。

庭園を抜け玄関に入ると、お手伝いさんが私たちを奥へ案内してくれた。

磨き上げられた床《とこ》の間《ま》には、大きな掛け軸がかけられ、黒い和風の花瓶には、綺麗なピンク色のコスモスが生けられていた。

さながら高級料亭のような和室に通された私は、ガチガチになりながらそのときを待つ。

ほどなくすると、涼介さんの両親が揃って和室へやってきた。

目の前にいる院長は、当然ながら病院で見るような白衣姿ではない。私服だからか、いつもとは印象が違う。黒いタートルネックにグレーのジャケットを合わせた、お洒落な出で立ちをしていた。

私は座布団からにじり下り、背筋を伸ばして正座した。涼介さんの両親も、私たちの前に腰を下ろして向かい合った。

「この間、電話で話した一ノ瀬美愛さん」

「初めまして。一ノ瀬美愛と申します」

手を膝の前に滑らせるように下ろして、大きくなったお腹に注意しながら、ご両親に深々と頭を下げる。

互いに挨拶を済ませると、持ってきた手土産の羊羹《ようかん》を渡した。ご両親が好きだという情報は涼介さんから事前に聞いていたので、とても喜んでくれた。

この日のために、マナー本を読み漁り勉強しておいて本当に良かった。

「あれ。君は受付の子？」

「はい」

「やっぱりそうか。見覚えがあったんだよ」

私の顔、覚えていてくれたんだ……。

嬉しく思いながら微笑んだとき、お母さんと目が合った。

あれ……？

どこかで会ったことが、ある気がする……。

「あら……、あなた……」

私の顔をまじまじと見つめたあと、お母さんが驚いたように声を上げた。

「あなた、ブレスレットを拾ってくれた受付の方ね！」

ハッとする。その顔には見覚えがあった。以前、駐車場で落としたブレスレットを拾って渡したあの女性だ。

「ふたりとも知り合いだったのか？」

不思議そうな涼介さんに、お母さんはあの日の出来事を説明した。

「へぇ、そんなことがあったのか」

涼介さんは感心したように、隣に座る私を温かい目で見つめた。

「ええ。見ず知らずの私に、美愛さんはとっても親切にしてくれたのよ」

すると、お母さんの視線が私の膨らんだお腹に向けられた。

「あらっ、美愛さん……そのお腹って……。まさか赤ちゃんがいるの……？」

その声につられて、涼介さんのお父さんの視線も私のお腹に注がれる。私はそっとお腹に手を当てた。

「涼介！　あなた、そういう大切なことはきちんと言いなさいよ」

「すみません……。あの私……」

結婚前に子供を授かったことを知り、涼介さんの両親がどういう反応をするか気がかりだった。でも、それは杞憂だったとすぐに悟る。

「美愛さんが謝ることじゃないわ！　おめでたいことだもの。ねえ、お父さん？」

目尻を下げて、太陽のような笑みを浮かべるお母さん。

「もちろんだ。涼介、奥からリビングチェアを持ってきなさい」

お父さんも好意的な様子で、涼介さんに指示を出す。

「あのっ、お構いなく」

慌てて立ち上がろうとする私を、お母さんが制止した。

「遠慮しないでいいのよ。さあ、美愛さん。こっちにきて」

私たちと涼介さんの両親は、部屋の中央にある漆塗りの座卓で向かい合うように座った。そこにはお茶と、紅葉《もみじ》をかたどった美しい和菓子が人数分、並べられていた。

私だけがリビングチェアに座る形になり、どうしても恐縮してしまう。ただ、大きくなってきたお腹に負担がかからないこの体勢でいられるのは、とてもありがたい。

「見てのとおり、美愛のお腹には俺たちの子供がいる。彼女と結婚して、お腹の中の子と三人で幸せな家庭を築いていきたいと思ってる」

涼介さんの言葉に続いて私も口を開いた。

「私も涼介さんと協力して、温かくて幸せな家庭を築いていきたいと思っています」

ハッキリと今の自分の気持ちを伝えると、涼介さんの両親は目を見合わせて微笑んだ。

「もちろん、認めるわよ。ねっ、お父さん？」

「ああ、もちろんだ」

ふたりの言葉に緊張の糸が切れる。

良かった……。私たちの結婚を認めてもらえた……。

まさか、こんなにもすんなりと話が進むなんて思ってもみなかった。

緊張で口の中がカラカラに渇いていた。お茶をひと口飲み、心を落ち着ける。

「ずいぶん、あっさりしてるんだな」

私の心の声を代弁するように、涼介さんが言った。

「だって、この年になるまで涼介が女性を家に連れてきたことなんて一度もないじゃない。それだけ本気っていうことでしょう？」

お母さんの言葉に、お父さんが黙って相槌を打つ。

「それにね、初めて美愛さんと会ったとき、こんなふうに優しい人と涼介が結婚してくれたら嬉しいって思ったの」

お母さんは柔らかい笑みを浮かべた。その顔はどことなく涼介さんに似ている。

床の間に置かれたお洒落な模様の香炉から、ほんのりお香のいい匂いがして、心が落ち着く。

「そういえば、美愛さん。ご両親に結婚の話はしたの？」

「はい。母は私が小学生のときに亡くなっていて……。父は賛成してくれています」

「小学生のときにお母様を……。それは、大変だったわね」

「でも、母は広崎医療総合病院に転院してから、言われていた余命より長生きしてくれたんです」

「美愛さんのお母さんが、うちの病院にいたのかい？」

涼介さんのお父さんが、驚いたように尋ねた。

「はい。母の入院がきっかけで、私はこの病院で働きたいと思うようになったんです」

「その理由を聞いてもいいかな？」

「小学生のとき、母のお見舞いにいくと受付の女性にいつも親切にしてもらっていたんです。私の姿を見るたびに優しく声をかけてくれて、すごく嬉しくて」

「……ねえ、もしかしてその受付の女性、一緒にお母さんの病室へ行った？」

涼介さんのお母さんの言葉に私は頷いた。

「はい。母のことが心配で不安で仕方なかった私の手を握って、病室まで連れていってくれました。でも、なぜそれを？」

不思議に思って聞き返す。

「それ、私だわ。よく覚えてる。お母さんのお見舞いに来てた女の子のこと。その子、リュックサックに手作りのウサギのマスコットをつけていたのよ」

「それ、私です！」

当時、母のお見舞いにいくときは必ず、母が作ってくれたウサギのマスコットのついたリュックサックを背負っていた。

「私も以前はあの病院で事務員として働いていたの。そこで跡取りの主人と出会って、猛アプローチにあって結婚して。涼介が中学生になるまでは、あそこにいたのよ」

「猛アプローチって……お母さん、そういうことは言わなくていい」

お父さんが照れくさそうに眉間に皺を寄せた。

「そうなのか？　俺も初耳だ」

私と同じように涼介さんも驚いている。

「息子に私たちの馴れ初めなんて話すの、恥ずかしいじゃない。だから黙ってたのよ。でもまさか、あの女の子が美愛さんだったなんて」

「……私も驚きです。あのときは、本当にありがとうございました」

信じられない事実に胸が震える。天国にいる母が引き合わせてくれたかのような、奇跡みたいな繋がりだ。

「それと、一応確認だが、俺と麗子の許嫁の話は破棄ってことでいいね？」

「もちろんよ。あっ、美愛さん誤解しないでね。麗子ちゃんと涼介は幼なじみで……」

「美愛には全部話したから」

涼介さんの言葉に、お母さんは安堵したように表情を緩めた。

「それなら良かったわ。私も結婚前に一度、主人と同じようなことで揉《も》めたから、心配になっちゃって」

そう言ってお母さんはテーブルの上のお茶をひと口飲み、言葉を続けた。

「そもそも、私や麗子ちゃんのお母さんはね『またバカなこと言って盛り上がっちゃって。男って本当に困ったものね』なんて呆れてたのよ。許嫁の件は父親同士のお酒の席での話で、なんの効力もないから安心してね」

「はい」

すると、ずっと黙っていたお父さんが座卓に両手をついて、おずおずと頭を下げた。

「美愛さん、すまない。少し前、医事課で涼介と麗子ちゃんが許嫁だという話を美愛さんの前でしてしまったね」

「いえ！　お気になさらないでください」

「ふたりのことを知らなかったとはいえ、本当に申し訳ないことをしたよ」

「私からも謝るわ。不安にさせてしまって、ごめんなさいね」

涼介さんのお父さんとお母さんが私を安心させようとしてくれていることがわかり、心の中が温かくなる。

「私もお父さんと結婚したとき、不安だらけだったの。お父さんと私は家柄も身分もまったく違ったから。でも、お互いの愛があればなんでも乗り越えられるわ」

「はい」

心強いその言葉に、私は笑顔で頷いた。

「もし何かあればいつでも言ってね。私たちにできることならなんでもするわ」

「ありがとうございます」

涼介さんのお母さんに心から感謝する。

これから先、私はどんなことがあっても涼介さんと手を取り合って生きていく。そして、ふたりでお腹の中の子を幸せにする。

すると、お母さんが涼介さんに目を向けた。

「美愛さんのことも、お腹の赤ちゃんのことも大切にしてあげるのよ。いいわね？」

「ああ。必ず大切にする」

その言葉が心の中に温かく染み込む。

あなたのパパは、こんなにも頼もしいのよ。

そっとお腹を右手で撫でながら、私は心の中で呟いた。


涼介さんのご両親に挨拶をしてすぐ、婚姻届を出した。私は苗字が新堂になり、涼介さんのマンションに引っ越して新しい生活をスタートさせた。部屋の広さは申し分なく、以前住んでいたアパートよりも設備も施設もすべてが充実していた。お腹が大きくなり大変になった家事も、お掃除ロボットや食洗器、それに乾燥機つきの洗濯機などにおおいに助けられている。それと、足を伸ばして入ることができる大きな浴槽も今ではなくてはならない。

とはいえ、伸び伸びと自由に子供を育てたいという涼介さんの希望で、将来的には庭つきの一軒家を建てることを検討している。

「あっ、動いた」

夕食後、涼介さんと一緒にソファでテレビを見ているとお臍《へそ》の下あたりを蹴られた。妊娠五か月を過ぎた頃からときどき感じていた胎動を、七か月になった今はハッキリ感じる。

「えっ、どこ？　どのあたり？」

「この辺、かな……」

「おーい、パパだよ」

涼介さんは目を輝かせて、お腹の中の赤ちゃんに声をかける。私は涼介さんの手を取って、服の中に導いた。でも、大きくなったお腹にその手のひらを当てると、胎動がピタリと止んでしまった。

「またダメか……」

自分も胎動を感じたいから、赤ちゃんが動いたら教えてほしいとお願いされているものの、涼介さんはいつも空振ってしまう。

「俺は早くも娘に嫌われてるのか……」

「ふふっ、考えすぎです」

前回の妊婦健診で、お腹の子が女の子であると知ってからは、涼介さんはわかりやすくデレデレになった。肩を落として拗ねる涼介さんに、微笑んだときだった。

お腹をググッと強く蹴られる感覚があった。それは涼介さんにもハッキリ伝わったらしい。

「……あ」

私のお腹から手を離した涼介さんは、信じられないというように目を見開く。そして、ワナワナと唇を震わせながら、自分の手を確認するようにジッと見つめた。

「今、う、動いた……。手のひらをグッと中から押された‼」

涼介さんは初めての胎動に、ぱあっと弾けるような笑みを浮かべて、ソファから飛び上がった。

「俺の声が聞こえて反応してくれたのかな？　ああ、なんて可愛いんだ……！　早く会いたい……」

珍しく興奮してテンションの上がった涼介さんを、私は微笑ましく眺める。

涼介さんは表情をほころばせたまま、再び私の隣に座った。

「あと少しで会えるな」

「そうですね。待ち遠しいです」

お腹を摩ると、私の手の甲にそっと涼介さんが手のひらを重ねた。

涼介さんの肩にもたれかかるように、頭をのせる。

「パパもママも、楽しみに待ってるからね」

涼介さんが優しく語りかけると、それに応えるように赤ちゃんがポコポコと足で合図を送ったのだった。

そして、年が明けてひと月が経った。雪の散らつく寒い日、予定日より少し早く私は女の子を産んだ。

暇さえあれば涼介さんに散歩に付き合ってもらっていたせいか、陣痛が始まってから約五時間という短い時間で生まれてきてくれた。

出産時は、運良く当直明けだった涼介さんに立ち会ってもらうことができた。

陣痛は思った以上に辛いものだった。それでも、涼介さんが『頑張れ』『あと少しだよ』と腰を摩りながら私を励まし続けてくれたおかげで、乗り越えることができた。

「おめでとうございます！　元気な女の子ですよ！」

産声を上げた娘を胸に抱いたとき、涼介さんは声を出さずに涙を流した。

「やっと会えたね」

そう言って娘を愛おしそうに見つめる涼介さんは、もう立派なお父さんそのものだった。

「美愛、ありがとう。本当にありがとう」

目の前には愛する人と愛する娘。これ以上ない幸せに、私の目からも大粒の涙がこぼれたのだった。

あれからもうすぐ一か月。

「涼介さん、ゆっくり……そう、ゆっくり……」

緊張気味に表情を硬くして、今までにないぐらい真剣な顔をしている涼介さん。

腕の中で寝息を立てる陽茉莉《ひまり》を、ベビーベッドにそっと下ろす。

陽茉莉の目元はどことなく私に似ている。背が大きめなところは、涼介さんに似たのかもしれない。

「ここからが本番だ」

一度呼吸を整えてから、腰の下に回していた腕を慎重に引き抜いたとき、陽茉莉の両手が宙を掴むように動いた。

「ふ……ふあああああん！」

「ハァ……またダメだったか」

がっくりと肩を落とすと、涼介さんは陽茉莉を抱き上げて優しくトントンッと背中を叩いた。抱っこしている間はぐっすり眠ってくれるのに、ベビーベッドに下ろそうとするとすぐに泣きだしてしまう。まるで背中にスイッチがついているみたいに。

「涼介さん、代わります」

「いや、陽茉莉は俺が見てるから大丈夫だ。久しぶりに須藤さんたちに会えたんだし、ゆっくりしゃべっておいで」

「でも……」

今日は、須藤さんと高山さんが出産後初めて、我が家へ遊びに来てくれている。

ふたりに『可愛い～！』と言われてあやしてもらった陽茉莉は終始、ご機嫌だった。涼介さんの腕の中で一度は眠りに落ちたものの、赤ちゃんは大人の思いどおりに寝てはくれないものだ。

「何事も練習あるのみだ。俺が陽茉莉をうまく寝かしつけられれば、美愛の負担も減るだろ。それに、休みの日ぐらいたっぷり陽茉莉を抱っこしたいから」

陽茉莉が生まれてからというもの、涼介さんは子煩悩《ぼんのう》ぶりを存分に発揮している。

そして溺愛という言葉どおり、陽茉莉にたっぷりと愛情を注いでくれている。

「じゃあ、そうさせてもらいますね。何かあったら呼んでください」

「わかった」

リビングに戻り、ふたりに謝る。

「ごめんね、遅くなって」

「あれっ、新堂先生は？」

「陽茉莉のこと見てるから、ゆっくりしゃべってきなって」

「もー、どんだけいい男なのよ！　羨ましいわ～！」

高山さんはあれからすっかり改心し、私と涼介さんのことを祝福してくれた。

産休をもらっている私の穴を埋めるために、今までとは別人のように仕事に精を出していると須藤さんが言っていた。

「そういえば、お父さんの体調はどうですか？」

興奮する高山さんの隣で、須藤さんが落ち着いた様子で尋ねた。

「うん。おかげさまであれからすっかり元気になったの。この間も陽茉莉の顔を見にうちに来てくれたんだ」

手術は無事に終わったものの、心配だからこっちで同居しないかと父に提案した。

でも、父は新婚さんの邪魔をしたら悪いと茶化すように言った。

『あの家は、お母さんとの思い出がいっぱい詰まってるんだ。だから、元気なうちはあそこに住み続けたい。体調が悪くなったらすぐに連絡するよ。ただ……』

『何？』

何か言いたげな父に尋ねると、父は照れくさそうに言った。

『たまには陽茉莉を連れて、こっちの家にも遊びに来てほしい』

初めて陽茉莉に会ったとき、可愛くてたまらないというように目を細めていた父。恐る恐る抱っこをすると、あっという間に陽茉莉に泣かれて焦っていたけれど、とても嬉しそうだった。

「そうなんですね。良かった……」

「心配してくれてありがとう」

須藤さんの優しさに胸の中が温かくなる。私の周りは本当にいい人だらけだ。

「一ノ瀬さんのほうは身体、平気なの～？　ほらっ、産後っていろいろ大変っていうじゃない？　ちゃんと寝れてる？」

テーブルの上のクッキーを食べながら話す高山さん。ボロボロとカーペットの上に落としてもお構いなしだ。それを見ていた須藤さんが、呆れたように黙ってティッシュでそれを拾い集める。ちなみに須藤さんも高山さんも、私のことは結婚前と変わらず『一ノ瀬さん』と呼んでいる。

「うん。まだ夜中の授乳で何度かは起きるけど、ちゃんと休めてるよ」

床上《とこあ》げまでの期間、涼介さんは料理も洗濯も掃除も家のことはすべてを外注し、私が陽茉莉の面倒を見ることだけに専念させてくれた。

そして仕事が休みの日は、疲れているはずなのに涼介さんが陽茉莉の面倒を見て、私を休ませようと気遣ってくれている。

涼介さんのお父さんとお母さんも『困ったことがあったらいつでも言って』と育児には協力的だ。

でもなぜか『会いにいってていい？』とは聞いてこなかった。

その理由が、最近判明した。涼介さんに『美愛の身体が落ち着くまでは、マンションに押しかけたりしないでくれ』と強く念押しされていたらしい。

近々時間のあるときにぜひ陽茉莉に会いにきてください、と誘うと涼介さんの両親はとても喜んでくれた。

それまでは、陽茉莉の写真と動画をたくさん送ろうと決めた。

《ピーンポーン》

チャイムが鳴り、私は玄関に向かった。

扉を開けると、そこにいたのは麗子さんだった。

「美愛ちゃん、久しぶり！　元気だった？」

「麗子さん、お久しぶりです。もうすっかり元どおりになりました。ただ、体重は全然戻らないんですけどね」

「女性は少しふっくらしてるぐらいがちょうどいいのよ。育児は体力も使うし、そんなの気にしないで栄養たっぷり摂らなくちゃ」

「そうですね」

麗子さんは私より二か月早く、息子の彰吾《しょうご》くんを産んだ。

良き相談相手かつママ友として、仲良くしてもらっている。

「あれ……、そういえば彰吾くんは……？」

気になり、玄関から外の廊下に顔を出した私は、スラリと背の高い男性に抱かれた彰吾くんを見つける。

「まったく。ママは仕事も速いけど、歩くのも速いねぇ」

あとから現れたのは、彰吾くんを抱っこした結城さんだった。

彰吾くんに笑顔で話しかける結城さんは、その笑顔を私にも向けた。

「久しぶり。大変なときに、大勢で押しかけてごめんね」

私服姿の結城さんは眩しいほどに輝き、いつ見ても目を惹く。

白シャツにテラコッタニット、濃い目のデニムパンツ。その上にネイビーのチェスターコートを羽織っていた。

涼介さんと同い年なのに、いい意味でかなり若く見える。センターパートに整えられた髪型はまるで、アイドルのようだ。普段白衣を着て仕事をしているようには見えない。

「いえ。久しぶりにみなさんに会えて、とっても嬉しいです。どうぞ中へ」

麗子さんと彰吾くん、そして結城さんの三人を家の中に招くと、高山さんがわかりやすく反応した。

「結城先生！　今日の私服姿もカッコいい～！」

ソファに座る高山さんは足をバタバタさせて興奮している。

「ちょっと、私と彰吾もいるんだけど？」

「もちろん、そんなのわかってますよぉ」

やれやれとため息を吐く麗子さんのコートを受け取り、ハンガーにかける。

麗子さんは高山さんをお尻で押すようにして、隣に腰かけた。

「あなたね、そのしゃべり方やめなさいよ。若く見えるけど、もういい年なんだからね」

「ちょっ、それ気にしてるのに！」

まあまあ、と結城さんが仲裁に入った。

「須藤さんもいたんだね」

「……こんにちは」

結城さんは須藤さんを見つけるなり、嬉しそうに微笑む。

須藤さんはソファから立ち上がり、結城さんの元へ歩み寄ると、腕の中にいる彰吾くんの顔を覗き込んだ。

「ふふっ、ほっぺがプニプニで可愛い。髪の毛もフサフサ」

須藤さんはスヤスヤ眠っている彰吾くんの髪を優しく指先で撫でつけた。普段クールな須藤さんがあまり見せない、素の表情だ。

その様子を結城さんは愛おしそうな目で見つめている。

「麗子さんに似てて、可愛いですね」

きっと無意識だったのだろう。須藤さんは言いながら、眩しいほどの笑顔を結城さんに向けた。

「うん、可愛いね」

結城さんがにっこりと笑い返すと、須藤さんはしまったというように慌てて表情を引き締めた。

「な、なんかそうして彰吾くんを抱っこしてると、本当のパパみたいですね」

「うん、相手さえできたら、すぐにでも結婚してパパになりたいんだけどね」

須藤さんの言葉に、結城さんはまんざらでもなさそうに言う。

「そういえば、彰吾くんのパパって誰なんですかぁ？」

高山さんが遠慮なく、麗子さんに尋ねた。

「実は、高校時代の同級生なの。当時からいいなとは思ってたんだけど、同窓会で久しぶりに会って燃え上がっちゃって。それで、こうなったの」

にっこり笑いながら、見せつけるように左手を顔の横にかざした。

「めっちゃ高そうな指輪！　いいなぁ、羨ましい！　私も彼氏が欲しい！」

キラリと光った指輪を見つめながら、高山さんは地団太を踏む。それを見て、麗子さんが励ますように高山さんの肩をトントンッと優しく叩いた。

「ちなみに須藤さん、彼氏はいるの？」

自然な流れで、結城さんが尋ねた。

「え……」

すると、困った様子の須藤さんに代わって、高山さんが声を上げた。

「結城先生、残念ですけど須藤さんは彼氏いますよぉ」

「……そうなの？」

高山さんが得意げに言いきると、結城さんは事実なのかを確認するように、須藤さんを見つめる。

すると、須藤さんが申し訳なさそうな表情を浮かべた。

「あの、すみません。そのことなんですけど、本当は彼氏いないんです。いるって言うと、何かと便利だったので」

「ハァ？　アンタ、見栄張ってそんな嘘ついてたの⁉」

「見栄というか、高山さんに合コンに誘われるたびに断るのがめんどくさかったので」

須藤さんの言葉に、結城さんと麗子さんが目を見合わせて大笑いする。

「何よそれ！」

「隠してたのは私が悪いです。でも、高山さんも私の彼氏がフリーターだとか、ありもしない適当な噂流してましたよね？　だから、今回はお互いさまということで」

須藤さんは容姿が完璧で頭も良くて仕事も速い。男性から一方的に好意を寄せられることの多い彼女だからこその嘘だったようだ。

高山さんよりも年下の須藤さんのほうが、一枚上手だった。

「ふぅん。須藤さん、フリーなんだ。偶然にも俺も今、フリーなんだよね」

結城さんが真っ直ぐ須藤さんを見つめる。イタズラっぽく笑う結城さんをジッと見つめ返すと、須藤さんはわかりやすく眉をひそめた。

「私、結城先生みたいに誰にでも優しい人、苦手なので」

須藤さんはプイッと結城さんから顔を背ける。それでも、結城さんは余裕の笑みを崩さなかった。麗子さんに彰吾くんを預けると、再び須藤さんの前に歩み寄った。

「須藤さんって意外と独占欲強いタイプ？　俺と一緒だね」

「……一緒にしないでください」

顔を覗き込まれた須藤さんの瞳が小刻みに揺れる。普段、動揺するところなど見せたことがない須藤さんの、初めて見る表情だった。

「じゃあ、須藤さんにだけ優しくするって言ったら？」

「からかわないでください」

突き放すように言うものの、須藤さんの耳は真っ赤だ。もちろん、それに結城さんが気づかないはずもない。結城さんは優しい眼差しを向けると、言い聞かせるように落ち着いた口調で言った。

「からかってないよ」

ふたりの視線が熱く絡まり合う。

須藤さんと結城さん……、もしかして今後何かが起こるかも？　そんな予感に、そばで見ていた私がドキドキしてしまった。

すると、一部始終を目撃していた高山さんが、悔しそうに声を上げた。

「結城先生！　須藤さんって顔は可愛いけど、気も強いし、隙も見せないし、可愛くない女代表ですよ⁉」

そうやって人のことをとやかく言うのは、高山さんの悪い癖だ。

「ちょっと、高山さん……」

場の雰囲気が悪くなるだろうことを察して、彼女を窘めようとする。

でも、それは杞憂だった。

「そう？　俺は須藤さんのそういうところ、好きだけど」

結城さんのひと言でリビング内の空気がガラリと変わった。

当の本人はまったく無自覚の様子だけれど、いつも冷静沈着な須藤さんでさえ目を見開いてその場で固まってしまった。

彰吾くんを抱いた麗子さんは目をパチクリさせているし、その隣の高山さんはあんぐりと口を開けていた。

「来てたんだな、いらっしゃい。ようやく陽茉莉が寝たよ」

そのとき、リビングに涼介さんが入ってきた。

「……どうした、なんかあったのか？」

何も知らない涼介さんはみんなの顔を見て、不思議そうに首を傾げたのだった。

「今日は疲れただろう？」

夜になり、陽茉莉を寝かしつけたあとソファでまったりしていると、お風呂上がりの涼介さんが私の隣に腰かけた。

ふわりと香るシャンプーの匂いに、なんだか落ち着かない気持ちになる。

「いえ。楽しくて、久しぶりにリフレッシュできました」

それに、新たな恋が始まりそうな予感に、私まで胸をトキめかせてしまった。

「ねぇ、涼介さん。結城さんっていつもああいう感じなんですか？」

「どういう意味？」

涼介さんは首にかけたタオルで濡れた髪を拭きながら、尋ねた。

「須藤さんにわかりやすくアプローチしていたので、ちょっと気になって」

「結城が？　女性のほうから言い寄られることはあっても、あいつが女性を口説いているのは見たことがないな」

「そうなんですか？」

私は今日の昼間、リビングで起こった出来事を涼介さんに話した。

「それ、本気だな。あいつはモテるけど、むやみやたらに手を出す男じゃない」

「あのときの結城さん、カッコ良かったなぁ。須藤さんもきっと、ドキッとしたはず――」

女性なら誰しも、あんなフォローをされたらキュンッときてしまうだろう。

すると、言いかけている最中に、涼介さんが私の唇を奪った。

唇を離すと、涼介さんは眉間に皺を寄せて、ちょっぴり複雑そうな表情を浮かべた。

「涼介さん……？」

「美愛が結城の話ばっかりするから」

それって……。

「もしかして……ヤキモチ、ですか？」

思わずにんまり微笑むと、涼介さんは拗ねたように唇を尖らせた。

「ああ。愛する妻の口から他の男の名前が出るだけで、無性に腹が立つ」

「ふふっ……。なんか嬉しいです」

私は涼介さんの腕に、ギュッと自分の腕を絡ませた。陽茉莉が寝たあと、こうやって夫婦ふたりの時間に涼介さんに甘えさえてもらうのは、私の至福の時間だ。

「そういえば来週末、休みが取れたんだ。美容院に行ってきたら？」

出産前に行こうと思っていたものの、タイミングを逃して行きそびれてしまっていた美容院。

『いつ行けるかな……』

そう漏らしていたのを涼介さんは覚えていてくれたようだ。

「行きたいけど……。でも、それじゃ涼介さんが休めないです」

「そんなこと気にしないで行っておいで。陽茉莉のことは俺に任せて」

「じゃあ、終わったら急いで帰りますね」

「慌てなくていいよ。食事は適当に済ませるから、美愛もたまにはゆっくりひとりで美味しいものでも食べてきたら？」

「ありがとうございます。じゃあ、そうさせてもらおうかな」

と、口では言っていても、きっと私は美容院が終わったらとんぼ返りするに違いない。

ひとりの時間を満喫するのもいいけれど、今は陽茉莉と涼介さんと家族三人での時間を大切にしたい。

「私……今、すっごく幸せです」

「俺もだよ」

涼介さんが私の腰に腕を回して、引き寄せた。互いの身体がピタリと密着する。

「これからもこうやって、ふたりの時間を大切にしよう」

「はい」

「もう少し陽茉莉が大きくなったら、実家に預かってもらってふたりでデートもしよう」

涼介さんは陽茉莉が生まれたあとも、変わらず私を愛してくれている。

こうやって母親や妻ではなく、ひとりの女性として愛されることに、この上ない幸せを感じる。

目が合うと、引き寄せられるように私たちは唇を重ね合わせた。

「……それまではこれで我慢するよ」

愛おしそうに何度もキスを落として、耳元で愛してると囁かれる。

「私も涼介さんを愛しています」

「ハァ、参ったな。世界一可愛い妻に愛してるなんて言われたら、理性が吹っ飛びそうになる」

「それは、大袈裟《おおげさ》ですよ」

クスクスと笑う私を、涼介さんは大きな腕で優しく抱き締めた。

「愛してるよ、美愛」

最愛の人に抱き締められて、私は極上の幸せに包まれたのだった。

【END】

番外編　父の日のサプライズ

梅雨の晴れ間の六月。第三日曜日の午後。

結城さんから急ぎの用件があると電話を受けた涼介さんは、出かける支度を済ませて玄関に向かった。白いTシャツとネイビーのチノパン、それにベージュのバンドカラーシャツを羽織っただけの軽装だ。

「パパいってらっしゃい」

支度を終えた涼介さんを陽茉莉と一緒に玄関先まで見送る。淡いピンク色の小花柄のAラインワンピースを身にまとった陽茉莉。背中まであるふわふわの髪は編み込みをして、ツインテールに結んである。涼介さんは陽茉莉の髪型を崩さないように優しく頭を撫で、わかりやすく目尻を下げた。

「突然出かけることになってごめんな。陽茉莉と遊べるように早く帰ってくるから」

涼介さんがそう言った瞬間、陽茉莉が目を見開いた。

「だめぇ！」

陽茉莉が叫ぶ。そのあまりの剣幕に、涼介さんは心底面食らっている。

「え……。早く帰ってきたら、ダメなのか？」

「うん‼」

即答する陽茉莉。

「そ、そうか……。パパは陽茉莉と遊びたいんだけどな……。俺、なんか嫌われることしたのか？」

さっきまでの嬉しそうな表情から一転し、しょんぼりする涼介さんは私に助けを求めるように視線を向けた。

何事にも動じない涼介さんだけど、陽茉莉のこととなると話は別だ。

私は困り果てた様子の涼介さんを見て、くすっと笑った。

「涼介さん、そろそろ行かないと。結城さんが待ってるんじゃないですか？」

「ああ、そうだな……。ったく。結城の奴、休みの日にいったいなんなんだ。いってきます……」

ぶつぶつ文句を言いながら肩を落として家を出ていく涼介さんの背中を見送ったあと、私と陽茉莉は予定していた計画を実行することにした。

「パパよろこぶかなぁ」

「絶対喜ぶよ。嬉しくて泣いちゃうかも？」

「うふぅ～」

大好きな動物キャラクターの子供用エプロンをつけて、嬉しそうにニコニコしている陽茉莉。

ダイニングテーブルの椅子に正座をして、柔らかく茹でたニンジンとジャガイモをハートや星の形に型抜きしていく。

陽茉莉は三歳になった。親バカかもしれないけど、素直で優しい子に育っていると日々感じる。父の日の今日、パパに手料理を作ってあげたいと言いだしたのは陽茉莉だ。それには大賛成だったものの、今日はあいにく涼介さんが休みで家にいる予定だった。

そこで、前もって結城さんに事情を話し、涼介さんを短時間連れだしてくれないかとお願いしたのだ。

すると『可愛い陽茉莉ちゃんの頼みなら、なんでもするよ～』と結城さんは快く了承してくれた。

休みの日に、プライベートで結城さんに呼びだされることなどない涼介さんは、相当訝しがっていたのだけれど……そこは、結城さんが言葉巧みに誘いだしてくれて助かった。

こうして落ち着いて陽茉莉と料理をしていられるのも、そのおかげだ。

今現在、私は医事課で働いている。そして須藤さんや高山さんなど気心の知れたメンバーのおかげで、忙しいながらも充実した日々を送っていた。麗子さんはふたり目を妊娠し、十一月に出産を控えている。

陽茉莉も三歳になり、育児にもわずかながら余裕が生まれた。正直、そろそろふたり目が欲しい。だけど、涼介さんの口からはふたり目の話は一向に出てこない。

「みてママ！　じょうずでしょ？」

陽茉莉の言葉にハッと我に返る。

「うん！　とっても上手だよ」

「えへへ」

綺麗にハート型にくりぬいたニンジンを手に、嬉しそうに笑う陽茉莉。その笑顔はどことなく涼介さんに似ている。

「よしっ、陽茉莉。パパが帰ってくるまでに大急ぎでご飯を作って、お部屋の飾りつけもしようね」

「うん！」

結城さんが涼介さんを引き留めてくれるのは、二時間の予定だ。

私と陽茉莉は涼介さんの喜ぶ顔を思い浮かべながら、準備に追われた。

すべての準備を終えた頃、予定より十五分ほど遅く玄関ドアに鍵が差し込まれた音がした。さすが結城さん。気を利かせて時間に余裕をもたせてくれたに違いない。

「パパだ!!」

今か今かと涼介さんの帰りを待っていた陽茉莉は、その音にぱあっと目を輝かせてリビングを飛びだした。

「パパおかえり!!」

「おかえりなさい」

スリッパを履いた涼介さんに陽茉莉が駆け寄り、ギュッと抱きついた。

「ああ、ただいま……!」

陽茉莉の熱烈な歓迎に驚いた涼介さんは、みるみるうちに破顔する。

「パパこっちきて!」

涼介さんの手を、陽茉莉がぐいぐい引っ張る。

「どうしたんだ、そんなに慌てて」

涼介さんは顔を緩ませたままリビングに入った。

「……えっ、これって……」

その場で固まり、部屋中を見回す。

ダイニングテーブルのそばの壁面には、色画用紙を切り取って『パパいつもありがとう』という文字の飾りつけをした。その周りを、折り紙で作った色とりどりの輪繋ぎの飾りが彩る。陽茉莉が先週からコツコツひとりで作ったものだ。

「パパこっち！」

信じられないというように目を見開く涼介さんの手を引いて、陽茉莉はダイニングテーブルの椅子に座らせた。

テーブルの上には、型を取った野菜入りカレーとサラダが並んでいる。私は食後にみんなで食べようと、みかんゼリーも作っておいた。

「ひーちゃん、つくったの」

「え！　陽茉莉が？」

びっくりした表情で尋ねる涼介さんに、陽茉莉が得意げになって鼻を鳴らす。

「うん！　ママと」

「サラダも陽茉莉が盛りつけたんですよ」

私の言葉に陽茉莉が「どう？」とばかりに、小首を傾げて涼介さんに視線を送る。

「どれもすごく美味しそうだ」

嬉しそうに顔をほころばせる涼介さんの姿に、私までほっこりと温かい気持ちになる。

「パパたべて！」

「ああ。みんなで一緒に食べよう」

私たちはダイニングテーブルを囲み、「いただきます」と手を合わせた。

「美味い！　ハート型のニンジンも可愛いし、サラダの盛りつけも完璧だ。特にこのブロッコリーとトマトの配置が抜群だな」

「えへへっ」

涼介さんの反応に口をモゴモゴとさせて、照れくさそうにする陽茉莉。

「もしかして、このジャガイモはお義父さんがくれたもの？」

「はい。実家の家庭菜園で採れたジャガイモです」

「やっぱりそうか」

涼介さんは納得したように頷きながら、カレーを口に運ぶ。

最近の父の体調はすこぶるいい。再び実家の庭で家庭菜園をはじめ、今ではたくさんの野菜を栽培し、収穫するたびにおすそわけをしてくれる。そして冬になったら陽茉莉の大好きな苺《いちご》を育てようと、こっそり計画しているらしい。

「陽茉莉はママに似て可愛くて優しいだけじゃなくて、料理も得意なんだな」

「りょ、涼介さんってば……！」

陽茉莉とともに私まで褒められているみたいで、照れくさくて口元が緩んでしまう。

美味いと繰り返しながら、おかわりした分のカレーもぺろりと食べ終えた涼介さんは、ふとある疑問を口にした。

「今さらだけど、結城が俺を呼びだしたのって……」

「涼介さんの想像どおりです。こっそり結城さんに、涼介さんを連れだしてもらえるように頼んでおいたんです」

「なるほど。だから、用事がないなら帰るって言う俺を、あれこれ理由をつけて引き留めたのか」

涼介さんは納得したように言ったあと、「今回ばかりは結城に感謝だな」と笑った。

私たちがしゃべっている隙に、陽茉莉がお目当てのものを隣の部屋から持ってきた。

それを見られないように、背中に隠して涼介さんの前まで歩み寄る。

「あのね、パパ」

「うん？　何？」

「いつもありがとう」

そう言って、陽茉莉は保育園で作った父の日のプレゼントを差しだした。牛乳パックで作ったペン立てで、涼介さんの似顔絵入りだ。それを受け取ると、涼介さんはワナワナと唇を震わせた。

「パパだーいすき！」

「ありがとう。パパも陽茉莉が大好きだよ」

涼介さんは「おいで」と陽茉莉を抱き上げると、自分の膝の上にのせてギュッと抱き締めた。

「どしたのぉ？」

陽茉莉を抱き締めたまま鼻をすする涼介さん。私は不思議な顔をする陽茉莉にそっと微笑んだ。

「パパ、嬉しくて泣いちゃったみたい」

私がクスクス笑いながら言うと、照れくさくなったのか涼介さんは慌てて目元の涙を拭った。

「な、泣いてないよ。それより、陽茉莉が描いてくれたパパの顔、そっくりだな。明日病院へ持っていって職場のみんなに自慢してこようかな」

「涼介さん、親バカって笑われちゃいますよ？」

「それもそうか。いや、でもこんなすごいペン立てを娘にもらったって自慢したいしな……。いや、でも早速書斎で使いたい気もするし……」

そうして父の日のプレゼントを心底喜んでもらえた陽茉莉は、涼介さんの膝の上でにっこりと満面の笑みを浮かべたのだった。


デザートのみかんゼリーを食べて涼介さんとお風呂に入った陽茉莉は、頑張った疲れが出たのかいつもより早く眠ってしまった。

それを見届けてからゆっくりお風呂に入ってリフレッシュした私は、リビングのソファで、涼介さんとまったりとした時間を過ごす。

「今日は嬉しいサプライズをありがとう」

「涼介さんに喜んでもらえて、陽茉莉すごく嬉しそうでしたね」

「ああ。陽茉莉は美愛に似て優しくていい子に育ってくれてるよ。俺は本当に幸せ者だな」

「陽茉莉が人を思いやる優しい子に育ってるのは、涼介さんのおかげです。仕事でどんなに疲れていても陽茉莉のお世話をして、妻の私のことも大切にしてくれる。陽茉莉はそういうパパの姿をちゃんと見てるんです」

私は筋肉質な涼介さんの腕に自分の腕を絡めて、頼り甲斐のあるその肩に頭をのせた。

涼介さんはそんな私の頭を優しく撫でつけてくれる。こうやって涼介さんに甘えるのが、私にとって至福の時間だ。

涼介さんと結婚してからの私は、常に心穏やかな生活を送れている。それは、顔にも表れているらしい。先週、陽茉莉を連れて実家に遊びにいったとき、父にも同じことを言われた。

『美愛はいい人と巡り会えたね。あんなにできた旦那はなかなかいないぞ』

お父さんは会うたび口癖のように、涼介さんのことを褒め讃えている。そして『美愛が心穏やかな顔をしていると、本当に嬉しいよ。天国にいる母さんも、きっと喜んでいるはずだ』と言って、目尻に涙を滲ませるのだった。

「ハァ……。俺の妻はなんでこんなに可愛いんだろう」

父の言葉を思い出していると、そう言って涼介さんが私の頬を撫でた。

そっと目線を向けると、目の前には涼介さんの顔があった。

端整な顔が、徐々に近づいてくる。

速い拍動を続ける心臓が私の全身に血を巡らせ、より一層速く、脈動しはじめる。

「す、ストップ！」

涼介さんの唇を両手で押さえると、涼介さんはハッとしたように目を見開いて固まった。

「あ……、ごめん。嫌だったか？」

拒否されたと思ったのか、眉を下げて落胆している。

「嫌じゃありません！　ただ、涼介さんに話したいことがあって」

「話？　何？」

私の言葉に涼介さんがソファに座り直して真剣な表情を浮かべた。

いつもそうだ。涼介さんは私の話をちゃんと聞いてくれる。

「実は……」

「ああ。なんでも遠慮なく言ってくれ」

ごくりと生唾を飲み込んだ私を、涼介さんが見つめる。

「あのっ……」

「うん」

「私……ふ、ふたり目が欲しいんです」

「ふたり目？」

私の言葉に涼介さんの目がぱあっと光り輝く。嬉しそうな笑みを浮かべた涼介さんは「いいのか？」と逆に私に尋ねてきた。

「俺も陽茉莉の弟か妹が欲しいと思っていたけど、やっぱり妊娠出産となると美愛に負担がかかると思っていたから」

「そんなふうに考えてくれていたんですね」

陽茉莉が生まれたあと、涼介さんが子供の話をすることはなかった。だから、てっきり子供は陽茉莉ひとりでいいと考えているのかと思っていた。

「涼介さんがふたり目を望んでくれているのがわかって良かったです。じゃあ、これからよろしくお願いします」

子作りの話を続けるのが照れくさくて、話を切り上げようとしたとき、涼介さんと目が合った。涼介さんは欲情の色を隠すことなく、私の首筋に触れる。

「さっきキスを拒んだのは、どうして？」

熱い吐息に心臓がトクンッと鳴る。

「この話をしたくて。それで……あのっ……」

「それで、何？」

涼介さんは射貫くような熱い視線を私に投げかけてくる。

「もう避妊……しなくていいって言いたくて……」

言い終わると、私はソファに押し倒された。涼介さんはルームウェアの裾から手を差し入れる。

「あっ……」

ためらいなく肌を撫でられ、大きな手が膨らみに触れ、たまらず声を上げる。

性急に唇を重ねられて、自然と声が漏れる。

長く艶めかしいキスのあと、涼介さんはもどかしそうに着ていたTシャツを脱ぎ捨てて、私を上から見下ろす。

その色っぽい表情にゾクゾクして、下半身がキュンッと疼く。

「ごめん、余裕ない」

激しく熱いキスに飲み込まれ、我を忘れる。

結婚してもまだ、私を激しく求めてくれる涼介さんがたまらなく愛おしい。

「美愛……」

「涼介さ……んっ、もうっ……あぁっ！」

「ダメだよ。まだ全然足りない」

何度も名前を呼ばれ、甘く溶かされて涼介さんにしがみつく。
涼介さんはそれに応えるように私にキスの雨を降らせる。
私はこの晩、何度も涼介さんに愛を刻み込まれたのだった。

【番外編END】

あとがき

こんにちは。中山紡希《なかやまつむぎ》です。このたびは数ある書籍の中から本作をお手に取っていただき、ありがとうございました。

マーマレード文庫さんからの出版は二冊目となります。

一冊目の『エリート弁護士になった（元）冷徹若頭に再会したら、ひっそり出産した息子ごと愛し尽くされ囲われています』は〝なぁな〟というペンネームでしたが、今作からは〝中山紡希〟として活動していきます。

〝中山紡希〟という名前を覚えていただけたら大変嬉しいです。

この作品は、医療事務員と医師という組み合わせです。ヒーローがハイスペックな医師というお話を以前から書いてみたいと思っていたので、今回それが実現して嬉しい限りです。

ふたりが徐々に距離を縮めて、心を通わせていくストーリーをみなさんに楽しんでもらえたら幸せです。また、本作に出てくる新堂とは真逆な性格のイケメン医師結城も個人的には好きなキャラです。

読者のみなさんにキュンをお届けできますように……！

執筆にあたりプロットの段階から担当編集様には大変お世話になりました。たくさんのアドバイスをいただけたからこそ、こうやって形にすることができたんだと心から感謝しております。

カバーイラストは前作に続き、よしざわ未菜子先生に描いていただきました。美愛と涼介の表情や雰囲気などすべてが素敵で、さらに二作目も担当していただけて感激しております。

読者の皆様、そして本作の刊行に携わってくださったすべての方に御礼申し上げます。

本当にありがとうございました。またいつかお会いできることを願っています。

中山紡希

マーマレード文庫

怜悧なドクターに剥き出しの熱情で絡めとられて愛し子を宿しました

2024年1月15日　第1刷発行　定価はカバーに表示してあります

著者　中山紡希　©TSUMUGI NAKAYAMA 2024
発行人　鈴木幸辰
発行所　株式会社ハーパーコリンズ・ジャパン
東京都千代田区大手町1-5-1
電話　04-2951-2000（注文）
0570-008091（読者サービス係）
印刷・製本　中央精版印刷株式会社

Printed in Japan ©K.K. HarperCollins Japan 2024
ISBN-978-4-596-53449-1

m a r m a l a d e b u n k o